SV W0101085

Josef Winkler
ROPPONGI

Requiem
für einen Vater

Suhrkamp

Erste Auflage 2007
© Suhrkamp Verlag Frankfurt am Main 2007
Alle Rechte vorbehalten, insbesondere das
der Übersetzung, des öffentlichen Vortrags
sowie der Übertragung durch Rundfunk und Fernsehen,
auch einzelner Teile.
Kein Teil des Werkes darf in irgendeiner Form
(durch Fotografie, Mikrofilm oder andere Verfahren)
ohne schriftliche Genehmigung des Verlages
reproduziert oder unter Verwendung
elektronischer Systeme verarbeitet, vervielfältigt
oder verbreitet werden.
Druck: Druckhaus Nomos, Sinzheim
Printed in Germany
ISBN 978-3-518-41921-2

2 3 4 5 6 7 – 13 12 11 10 09 08

ROPPONGI

Dhrupad und das Aussterben der Geier

Reisevorbereitungen auf dem Lande

Zeit der Gladiolen

Der am Flußufer eingeeiste Sarg

Roppongi

Tausend und eine Nacht

Die Ankunft in Varanasi

Mahashmashana – Die große Verbrennungsstätte

Der Ritus des Schädels

Die roten indischen Notizbücher

Die Glocken von Santa Fé

Komm, Väterchen, und sieh:
Die kahlen Bäume mehren sich.
Komm nur heraus und nimm dein Brett.
Jetzt wird es Zeit zu gehen.

Narayama-Lied

DHRUPAD
UND DAS AUSSTERBEN DER GEIER

»Auf dem Narayama wohnte ein Gott. Alle, die zum Narayama gegangen waren, hatten ihn gesehen. Darum gab es niemand, der daran zweifelte. Da jeder wußte, daß es den Gott wirklich gab, feierte man ein Fest, das man mit besonderer Sorgfalt vorbereitete, wie sie auf keine andere Feierlichkeit verwandt wurde. Schließlich war es, als hätte es immer nur ein einziges Fest, nämlich das Narayamafest gegeben. Und da es außerdem unmittelbar vor dem Totenfest stattfand, waren das Toten-Lied und das Narayama-Lied schließlich miteinander verschmolzen.«

IM FEBER DES JAHRES 2002 schrieb ich an den Schriftsteller Bodo Kirchhoff eine Ansichtskarte aus dem indischen Varanasi nach Frankfurt mit den Worten: »Stell dir vor, Bodo, du wirst es nicht glauben, in Indien sind die Geier fast ausgestorben. Sie hockten einen Monat lang bewegungslos auf den Bäumen und plumpsten dann – wie Steine – tot zu Boden. Millionen müssen es in ganz Indien gewesen sein. Nur im Bundesstaat Rajasthan soll es noch welche geben. Ich sage immer: Vor den Dichtern sterben die Geier. Daran wird die Welt untergehen, dabei, Bodo, haben wir keine schlechte Zeit gehabt in den letzten zwanzig Jahren, seit 1979, als unsere ersten Bücher erschienen sind mit viel Eifer und viel Zorn. Schöne Grüße aus Indien: Josef (Winkler).« Jetzt, während ich zu schreiben beginne und sage, daß die Geier in Indien fast ausgestorben sind, höre ich Dhrupad. Dhrupad ist die Urform der klassischen indischen Musik, der älteste Stil nordindischer Kunstmusik, die im Laufe des 15. und 16. Jahrhunderts zu ihrer endgültigen Ausprägung gelangte, die noch heute existiert und deren Ursprünge auf die Veden zurückgehen. Die Struktur von Dhrupad soll bis ins 8. Jahrhundert zurückreichen. Einer Legende zufolge gaben die indischen Götter den Menschen die Musik zum Spiel, um das Böse auf Erden zu zerstreuen. Dhrupad wurde zur Grundlage der gesamten nordindischen Kunstmusik. Die Aufführung eines Ragas soll das Publikum nicht unterhalten. Das Raga stellt vielmehr ein Gebet dar, einen Ausdruck religiöser Gefühle, und versucht, im Zuhörer das Bewusstsein Gottes zu erwecken. Jahrhunderte mündlicher Überlieferungen von Lehrer zu

Schüler sicherten diesen Stil bis in die heutigen Tage. Sein Können ermöglicht es dem Sänger, eine weite Palette von Klangfarben und subtilen mikrotonalen Schattierungen zu erzeugen. Der Sänger, so heißt es, spielt mit seinem Atem das von Gott erschaffene Instrument.

Der große Dhrupadsänger Fahimuddin Daggar sagte zu den Grundmerkmalen der klassischen indischen Musik: »Laut der indischen Mythologie zeigt Musik den Weg zu Moksha, zur Befreiung also. Unsere Vorfahren widmeten ihre Musik dem allmächtigen Gott, um dadurch Moksha zu erlangen. Unsere Hindureligion ist anscheinend die einzige in der ganzen Welt, die den Glauben an die Seelenwanderung beinhaltet. Über Jahrtausende war der Mensch nicht imstande, sich aus dem Zyklus von Leben und Tod zu lösen. Der göttliche Zweck der Menschheit besteht darin, Moksha zu erlangen, und ohne Moksha kann sich die Seele nie endgültig von ihrer sterblichen Hülle befreien. Musik ist nur einer von verschiedenen Wegen, die zu diesem Ziel führen.« Aber nein, ich schalte das Radio wieder aus, ich kann nicht gleichzeitig schreiben und Dhrupad hören, ich muß mir die Musik bei einer anderen Gelegenheit anhören. Vor allem dann, wenn ich pausenlos in meinem Zimmer auf und ab gehe und dabei immer wieder auf das Radio hinstarre, oder auch nachts vor dem Einschlafen und zum Einschlafen, wenn ich längst wegträume, singt für mich Fahimuddin Daggar Dhrupad und verwischt, bevor ich ganz schlafe, während die Musik immer noch weiterläuft, die Hinterglasmalerei eines Bildes aus meiner Kindheit, als ich mich vor dem Einschlafen auf das Kopfkissen kniete, die Hände faltete, aufs große Heiligenbild schaute, das Schutzengelmein betete und, unter die Wolldecke schlüpfend, mit meinen nackten Zehen an den heißen, mit einem Tuch umwikkelten Ziegel stieß in der eiskalten Winternacht, den ich in der Küche auf den noch heißen Sparherd gelegt und, wenn er heiß genug war, ins Schlafzimmer getragen und am Fußende ins Bett hineingesteckt hatte. Ich kann jetzt also nicht Dhrupad hören, nicht jetzt und heute beim Schreiben. Ich stelle das Radio aus und kehre wieder zu den Geiern zurück.

Innerhalb von zehn Jahren sind in Indien, Pakistan und Nepal Millionen von Indischen Geiern, Bengalengeiern und Schmalschnabelgeiern gestorben. Je nach Art haben lediglich ein bis drei Prozent der Aasvögel überlebt. Die betroffenen Tiere zeigten gichtähnliche Symptome und starben schließlich an Nierenversagen. Einen Monat lang hockten sie unbeweglich auf den Bäumen, ließen ihre Köpfe tief, fast zwischen ihre Beinen hinunterhängen und plumpsten von den Ästen. Während zunächst eine noch unbekannte Virusart vermutet wurde, fanden Forscher inzwischen heraus, daß das Medikament »Diclofenac« Hauptverursacher des Massensterbens der Geier ist. Dieses aus der Humanmedizin stammende, entzündungshemmende Schmerzmittel wird seit den Neunzigerjahren in Indien, Pakistan und Nepal auch in der Tiermedizin eingesetzt, vor allem bei Rindern. Die Geier nahmen den Wirkstoff über Haustierkadaver auf.

Noch immer bringen die Menschen die Kadaver der heiligen Kühe, die nicht geschlachtet und verspeist werden dürfen, auf Müllhalden an die Stadtränder, wo sie gehäutet werden, aber statt der Aasgeier tummeln sich nunmehr Meuten von Straßenhunden auf den Kadaverdeponien, eine gefährliche Seuchenquelle für Mensch und

Tier. Innerhalb von zwanzig Minuten wurde ein Kuhkadaver von den Geiern skelettiert. Die Vermehrung der Hunde erhöht die Tollwutgefahr für die Menschen. Geier haben eine so starke Magensäure, daß ihnen Cholera und Milzbrand nichts anhaben können, und sie sind durch ihr Immunsystem vor den Erregern im verwesenden Fleisch geschützt, aber jetzt tragen wilde Hunde und Krähen die lebensgefährlichen Erreger zu Mensch und Tier in die Dörfer und Städte.

Außerdem haben Geier in Indien eine besondere Bedeutung für die 120000 Parsen. Nach ihrem Glauben darf ein menschlicher Leichnam nicht die Elemente Erde, Wasser und Feuer beschmutzen. Traditionell bieten die hauptsächlich in der Region um Bombay lebenden Parsen ihre Toten den Geiern in Steintürmen, den »Türmen des Schweigens«, zum Fraß dar. Diese Bestattungsmethode wurde nun untersagt, da es nicht genügend Geier gibt, die die menschlichen Überreste verschlingen können.

Aus der Geschichte weiß man, daß Geier, die in der Bibel als »Greuel« beschrieben werden, seit Jahrhunderten den Armeen nachgeflogen sind, etwa im amerikanischen Bürgerkrieg. Bei der Schlacht von Gettysburg gab es so viele Gefallene, daß gesagt wurde, die Geier hätten sich an den Leichen so vollgefressen, daß sie nicht mehr fliegen konnten, tagelang hockten sie zwischen den menschlichen Leichen, vor Übergewicht konnten sie nicht mehr auf den eigenen Beinen stehen und taumelten zwischen den toten Soldaten herum. In der Serengeti konsumieren Geier mehr Fleisch als Löwen, Hyänen und Leoparden zusammen. Man hat errechnet, daß die berühmte Savannenlandschaft der Serengeti über einen Meter tief unter Tierleichen begraben wäre, gäbe es nicht die Geier. In

Spanien, wo es dank Schutzmaßnahmen wieder etwa 70000 Gänsegeier gibt, benützen die Bauern die Geier als Bestatter. Anstatt zur teuren Tierkörperverwertung zu fahren, werfen sie ihre toten Haustiere den Geiern zum Fraß vor, in eigens eingerichteten sogenannten »Geierrestaurants«.

REISEVORBEREITUNGEN
AUF DEM LANDE

»Vor der Wallfahrt zum Narayama mußte sie sich auf jeden Fall – ganz gleich wie – eine Lücke in die Zähne schlagen, dachte sie. Wenn sie die Wallfahrt zum Narayama beginnen und sich auf das Brett setzen würde, das sich Tappei auf den Rücken geschnallt hätte, wollte sie wie eine schöne alte Frau mit lückenhaften Zähnen aussehen. Darum versuchte sie heimlich, sich die Zähne schartig zu schlagen, in dem sie mit dem Feuerstein dagegenhämmerte.«

KRISTINA WAR ALS KIND vom vierten bis zum achten Lebensjahr mit ihren Eltern und ihren beiden Schwestern in Indien, in Rourkela, in einer eisenerzreichen Gegend des indischen Bundesstaates Orissa, wo in den Sechzigerjahren ihr Vater als Ingenieur am Bau eines der modernsten Stahlwerke der damaligen Zeit mitarbeitete, das unter der Oberaufsicht der »Hindustan Steel Limited« von 35 großen deutschen und indischen Firmen errichtet wurde. Rourkela liegt am südöstlichen Rande eines Gebirges, am Brahmanifluß. Die Behörden enteigneten 32 Dörfer, von denen sie 16 völlig zerstörten. 13 000 Adivasi wurden umgesiedelt, 6 000 Ureinwohner blieben. Entwurzelt und ohne Aussicht auf Beschäftigung, lebten unzählige Adivasi als rechtlose Landarbeiter, als Schuldknechte oder als Kulis in den Slums der Städte. Wo die Adivasi mehrere tausend Jahre lang vom Ackerbau lebten, ziehen heute schwarze Rauchschwaden über riesige Slumsiedlungen, Chemikalien und Schmiermittel verschmutzen den Brahmanifluß. Rourkela war früher ein Dorf mit 2 000 Einwohnern, heute ist es eine Industriestadt mit 300 000 Menschen. Das Gelände für das Hüttenwerk und die geplante Wohnstadt, Steel City genannt, umfaßte über achttausend Hektar. In dieser Steel City waren 1 800 Deutsche untergebracht, die man die Rourkela-Deutschen nannte, 40 000 Menschen arbeiteten am Projekt. Der eine Rourkela-Deutsche hatte am Eingang seines Bungalows ein großes Wappen seiner deutschen Heimatstadt aufgepinselt, der andere hatte über dem Eingang ein riesengroßes Glas schäumenden Biers mit der Aufschrift »Krombacher Pils« aufgemalt. Im »German Club«, im deutschen

Krankenhaus und im Schwimmbad war den Indern der Zutritt verboten. Bei den nächtlichen Partys im German Club sangen die Rourkela-Deutschen gerne: »Es zittern die morschen Knochen ...« und »O, du schöner Westerwald ...«. Einmal nachts schossen betrunkene Rourkela-Deutsche auf die Haustür einer indischen Familie, in der Hoffnung, daß diese aus Angst vor weiteren Anschlägen ihre schöne, jugendliche Tochter den Wilderern übergeben würde. Im Laufe eines knappen Jahrzehnts wurde in Rourkela im Brahmanifluß ein einziges Krokodil von den indischen Dorfbewohnern entdeckt, das schließlich von einem im deutschen Krankenhaus arbeitenden Arzt erschossen wurde. Der Affe Jimmy, der nachts zwischen den Hühnern im Hühnerstall untergebracht wurde, der Bananen gestohlen hatte und den Leuten Bananenschalen entgegenwarf, wurde erschossen, weil er die sechs Meter langen, zum Trocknen aufgehängten Saris mit Lianen verwechselte, daran herumturnte und den Orissastoff beschädigte. Da es kein Bestattungsunternehmen gab, mußten in der Anfangszeit die deutschen Monteure für ihre bei der Arbeit tödlich verunglückten Kollegen eigenhändig ein Grab ausheben und bei der Beerdigung behilflich sein. Es war auch davon die Rede, daß indische Firmen, die bei Todesfällen unter ihren Arbeitern den Witwen nur dann eine Abfindung zahlten, wenn eine Leichenbeschau abgehalten wurde, dem Toten bei der Entrichtung der Abfindung das linke Ohr abgeschnitten und als Quittung einbehalten wurde, da es vorgekommen war, daß man einen Verstorbenen mehr als einmal vorgezeigt hatte. Indische Mädchen im Alter von fünfzehn bis zwanzig Jahren, von denen die meisten Christinnen waren und aus den umliegenden Adivasidörfern stammten, wurden als Haushaltskräfte in die Monteursunterkünfte gelockt, verführt und sexuell mißbraucht. Es soll häufig vorgekommen sein, daß die Monteure am abendlichen Biertisch im German Club die Mädchen einander weitervermittelten. Um den Mädchen den Zugang zum Hotelkomplex, in dem sechshundert deutsche Monteure, vor allem Junggesellen, untergebracht waren, zu verwehren, wurde von der »Hindustan Steel Limited«, die um ihren Ruf fürchtete, das Hotelgelände eingezäunt. Die Monteure empfanden den Stacheldrahtzaun und die Polizeiposten vor ihren Unterkünften als Freiheitsberaubung, als Beschneidung persönlicher Freiheit und als Rassendiskriminierung und legten den Zaun, der aus Betonpfeilern und Maschendraht bestand und fast eine halbe Meile lang war, kurz nachdem er vollendet worden war, in einer einzigen Nacht um. Mindestens zwei deutsche Firmen sollen regelmäßig Fotos von nackten, am Brahmanifluß fotografierten indischen Mädchen nach Deutschland geschickt haben, um deutsche Arbeiter zu überreden, Verträge für Indien abzuschließen. Abgesehen von einem deutschen Mundharmonika-Trio, das im German Club deutsche Volkslieder und Schlager spielte, wurden von den Monteuren auch Rourkela-Lieder gedichtet und gesungen: *Rourkela war im Flug in meinen Träumen, mit Mädchen und mit Affen auf den Bäumen. Ich träumte hunderttausend schöne Sachen, von Bier, von Schnaps, vom dicken Portemonnaie. Und als ich plötzlich war im heißen Klima, da war das alles gar nicht mehr so prima. Man sagt, ich würde sehnlichst schon erwartet, und man brachte mich zum Hotel gleich hin. Rourkela, Rourkela, Rourkela …*

In den vier Jahren ihres Indien-Aufenthaltes mit Eltern und Geschwistern ging Kristina in den indischen Kindergarten, später in die deutsche Schule. Einmal, so erzählte sie, als während eines heftigen Monsunregens die ganze Familie auf der überdachten Terrasse des Bungalows saß, näherte sich ihnen eine lange schwarze Kobra, die sich aber, als ihr Vater einen Korbsessel aufhob und mit den Stuhlbeinen voran auf die Schlange zuging, sofort verzog, in Sekunden verschwunden war und nie mehr wiedergesehen wurde. Eine Brillenschlange soll sich an einem warmen Nachmittag zwischen zwei im Bett schlafende Zwillinge gelegt haben. Als sich die beiden Kleinkinder beim Aufwachen bewegten, biß die Schlange zu und tötete sie. Die Familie reiste mit den toten Kindern nach Deutschland und kehrte nicht mehr nach Indien zurück. Immer wieder erzählte Kristina von Indien, starrte in Rom, Paris oder Berlin oder wo auch immer wir sonst gemeinsam waren, die Straße entlanggehende Inder an und begann wieder, von Indien zu erzählen. So entschieden wir uns für eine Reise nach Indien, denn auch ich wollte einmal das Land sehen, in dem sie vier Jahre ihrer Kindheit verbracht hatte.

Unsere erste gemeinsame Reise nach Indien fand im Frühling des Jahres 1993 statt. Wir wohnten damals noch im Bauernhaus meiner Eltern in Kamering, im Kärntner Drautal. Mein damals fünfundachtzigjähriger Vater, der zu dieser Zeit seinen Bauernhof noch nicht übergeben hatte, noch selber arbeitete, den Pflug an den Traktor spannte, mit der Sense auf die Felder und mit der Axt im tiefen Winter in die Wälder ging, schüttelte nur den Kopf, wenn ich von unserer geplanten Reise nach Indien sprach. Die Mutter seufzte wie immer und sagte – wie immer – kein Wort. Ich vor allem, weniger die indienerfahrene Kristina, hatte Angst vor gesundheitlichen Schäden, denn häufig wenn in Zeitungen und im Fernsehen von Indien berichtet wurde, war von Malaria, Cholera und Typhus, auch von der Pest die Rede. Ich hatte aber immer die Hoffnung, daß ich mich von meinen katholischen, dörflichen Themen eine Zeitlang würde lösen und neues Material zum Schreiben, vielleicht sogar für einen ganzen Roman, auf einem anderen Kontinent, in einer anderen, mir vollkommen fremden Welt würde finden können, denn der Stoff war mir vorläufig ausgegangen, ich wußte nicht mehr, worüber ich schreiben sollte, denn in der Zwischenzeit hatte ich auch, nach Jahren der Abwesenheit zum Vater zurückgekehrt, ihm Schritt auf Tritt folgend, eine Rückkehr des verlorenen Sohnes geschrieben, hatte ihm morgens und abends bei seiner Stallarbeit geholfen, war mit ihm auf die Felder und in die Wälder gegangen, um ihn zu beobachten, auszuhorchen, mir von seiner Kindheit und Jugend und auch neuerlich seine Kriegsgeschichten erzählen zu lassen und um wieder, aus anderer Perspektive, mit meinem Filmkamerakopf die hintersten und verborgensten Winkel meiner Kindheit ausleuchten zu können. Ich machte ihn im Fernsehen auf jede Kriegsdokumentation aufmerksam, saß mit Füllfeder und Notizbuch, wenn Hitler wieder auf der Mattscheibe auftauchte, neben dem Vater und schrieb seine Kommentare auf, aber dieser Sohn, der, um ein neues Buch schreiben zu können, den Alten mehrere Jahre lang nicht aus den Augen gelassen hatte, mußte wieder aufbrechen und fortgehen aus dem Haus, in dem er geboren wurde und in dem die kinderlose Gote, oder »gute

Haut«, wie sie genannt wurde, die immer wieder, vor allem solange die Großeltern lebten, in ihrem Geburtshaus im bäuerlichen Haushalt mithalf, die bei allen möglichen Festanlässen ihre Verwandtschaft mit Torten und Kuchen versorgte und mir bis zu meinem vierzehnten Lebensjahr in der Karwoche den Osterhasen gebracht hatte – neue Sonntagskleider oder Lederschuhe und den mit Staubzucker bestreuten Guglhupf, in dem immer ein Zehnschillingtaler steckte –, mit der blutigen Waschschüssel in der Hand Geburtshilfe leistete unter dem großen, breit und schwarz eingerahmten Heiligenbild der Muttergottes, die das Jesukind auf dem Schoß und eine weiße Lilie in der Hand hält, und das blutige Wasser in einem Schwall auf den Misthaufen schüttete, über die gackernd ausweichenden, zur Seite laufenden und davonflatternden Hühner und Hähne, die vom Blut meiner Mutter bespritzt wurden und, wieder zurückkehrend, mit ihren dünnen gelben Krallen einsanken in den Misthaufen, und mit dem Wasser wohl auch die Nabelschnurreste, die einerseits mir, dem Neugeborenen, andererseits wohl auch meiner Mutter gehörten, die mich soeben auf die Welt gebracht hatte. Halb fünf am Nachmittag soll es gewesen sein, mehr als zwei Stunden vor dem abendlichen Betläuten. *Geh hin, mein Kind, und nimm dich an der Kinder, die von Anfang an verdienet Straf und Ruten. Die Straf ist schwer, der Zorn ist groß, du kannst und sollst sie machen los durch Sterben und durch Bluten.* Ja, denke ich, das Federvieh muß meine Nabelschnur aufgefressen haben, denn wohin sollte man die Nachgeburt und die anderen Reste wohl sonst geworfen haben als auf den Misthaufen, auf den vom Nachbarhof, von den überhängenden Ästen eines Pflaumenbaumes, die dicken violettblauen Pflaumen fielen, die wir abholen, aus dem Kuhmist bergen durften, aber wehe wir stiegen auf unseren Misthaufen, näherten uns den überhängenden, schwer mit Früchten beladenen Ästen des Baumes und pflückten die eine oder andere Pflaume unter dem Geschrei des Nachbarbauern ab, der uns in den Misthaufen hineinverwünschte. Mit ein paar Pflaumen in der Hosentasche hopsten wir vom Misthaufen hinunter, liefen vors Haus zum Bach, steckten die Füße ins aufgestaute Bachwasser und aßen die Pflaumen, die wir auf unserem Misthaufen geerntet oder vom Baum gestohlen hatten. Man hat also unmittelbar nach meiner Geburt, kurz bevor dem soeben Zurweltgekommenen zum erstenmal die Dorfglocken zu Ohren kamen, eine Mistgabel genommen, ein kleines Loch ausgegraben, die Nachgeburt hineinrutschen lassen aus der weißen Emailwaschschüssel und wieder Stallmist darübergeworfen, während die aufgeplusterten Hähne an den Nabelschnurresten zerrten. Man hörte das Kettengerassel der Rinder, das Brüllen der Stiere und das Zwitschern der Schwalben und Mauersegler, die mit Mücken in ihren Schnäbeln ihre Nester aufsuchten und im Stall aus- und einflogen.

Ein halbes Jahr vor unserer ersten Reise nach Indien rief ich im Tropeninstitut in Berlin an und bat um eine Empfehlung für notwendige Schutzimpfungen. Die Frau im Tropeninstitut, die mir unwirsch und widerwillig Auskunft gab, fragte mich, bevor sie die Impfstoffe aufzählte: »Reisen Sie rustikal?« Ich verstand zuerst ihre Worte nicht, noch nie in meinem Leben hat mich jemand gefragt, ob ich rustikal reise, ich schwieg ein paar Sekunden und antwortete hilflos: »Wie meinen Sie das?« Und dann begann sie auch schon am Telefon zu schreien: »Ja, werden

Sie denn in Indien auf der Straße essen, oder wie wollen Sie dort leben? Rustikal oder bürgerlich?« »Wir haben schon Geld«, antwortete ich eingeschüchtert, »wir werden uns ein Hotel suchen und ins Restaurant essen gehen!« Und wie aus der Pistole aus dem Telefon geschossen, von Berlin ins Kärntner Bauerndorf Kamering, ratterte sie los: »Diphterie, Tetanus, Kinderlähmung, Cholera, Typhus, Hepatitis A, Hepatitis B und Meningokokken als Schutzimpfungen, und gegen Malaria nehmen Sie ›Lariam‹ in Tablettenform.« »Wie heißen die Tabletten?« fragte ich nach. »Lariam!« buchstabierte sie, rief noch »Aufwiedersehn!« ins Telefon hinein und legte auf, ohne meinen Gruß und Dank abzuwarten. Lange starrte ich den Telefonhörer an, als suchte ich in den kleinen Löchern der Hörmuschel das Gesicht der dazugehörigen Stimme, und legte ihn schließlich zaghaft und leise auf die Gabel. Mir war heiß geworden am ganzen Körper, meine Wangen glühten, ich hatte Herzklopfen und blieb ein paar Minuten lang im engen Flur meines elterlichen Bauernhauses vor dem beigefarbenen Telefon stehen, das ich in diesem Augenblick, in einer sekundenlangen Sinnesverwirrung, nicht mehr als Sprechapparat, mit dem man telefonieren konnte, sondern als surreales Objekt empfand, hob meinen Kopf und schaute lange auf die über dem Telefon an der Wand hängenden eingerahmten Fotos aus den Dreißigerjahren, auf denen mein damals noch jugendlicher Vater stolz am Kirchenfeld auf einer neuen Mähmaschine sitzt, der ersten im Dorf, die von zwei braunen Pferden über den Acker gezogen wird.

Ihn, der das elterliche Anwesen nur für die Kriegsjahre verlassen und in der englischen Gefangenschaft, wie er erzählte, oft so einen Hunger gehabt hatte, daß er am liebsten dem Teufel die Ohren abgefressen hätte, hörte ich immer wieder sagen: »Am liebsten hätte ich dem Teufel die Ohren abgefressen!« Oder auch: »Wenn der Krieg nicht gewesen wäre, wäre ich nirgendwo hingekommen, nach England nicht, nach Holland nicht und auch nicht nach Frankreich, ich wäre immer am Hof geblieben.« Und jetzt sollte sein Sohn freiwillig und ohne Einberufungsbefehl monatelang nach Indien verreisen, ins Land des Elends, des Hungers und der heiligen Kühe. Wenn er im Stall vor der pumpenden Melkmaschine zwischen den Kühen saß, seinen Kopf an den Bauch einer Kuh drückte und ich mich in einer Arbeitspause vor ihn hinstellte, mich auf den Stiel der Mistgabel stützte, von den Impfungen und Medikamenten für die vorgesehene Reise nach Indien sprach – der kotige Kuhschwanz pendelte vor seinem Gesicht hin und her –, schüttelte er seinen Kopf und sagte: »Bei uns ist es so schön, geh in die Berge, geh ins Maltatal zur Kölnbreinsperre oder schau dir das Liesertal an, quartier dich in einer Almhütte ein, dort kannst du auch schreiben, wenn du willst, und Medikamente brauchst du auch keine, höchstens einmal ein Aspirin! Was willst du denn in Indien? Was willst du in einem Land, wo sie die Kühe wie Heilige behandeln, wo aber die Menschen hungern und auf der Straße krepieren, kein Fleisch essen und wo die Kühe auf der Straße herumtaumeln und eingehen lassen? Und? Trinken sie überhaupt Milch, die kommt ja auch von den Kühen? Und die Hitze! Denk an die furchtbare Hitze, vierzig, fünfzig Grad!« Bereits als Fünfzehnjähriger habe er sechzig Kilometer weit zweihundert Schafe von seinem Heimatdorf Kamering im Drautal ins Liesertal auf die Alm getrieben, und wenn sich die eigenen Schafe mit den Schafen der anderen Bauern vermischten, habe er die Schafe seines elterlichen Hofes an ihren Gesichtern wiedererkannt, erzählte er, stirnrunzelnd zwischen den Kühen auf dem Melkerschemel sitzend, den Schweiß mit dem rechten Unterarm von der Stirn wischend. »Das Gesicht jedes einzelnen Schafes habe ich mir gemerkt! Alle habe ich sie wiedererkannt!« Manchmal boxte er wütend mit seiner Faust oder stieß mit seinem Ellbogen einer Kuh in den Bauch, auch wenn sie hochträchtig war, wenn sie ihm, der zwischen zwei Kühen auf dem Melkerschemel saß, einmal tatsächlich den Schwanz mit den eingetrockneten Kotzöpfen ins Gesicht, um Nase und Mund schlug, so daß er mehrere Male ausspucken und seinen Mund an seinen gebräunten, haarigen Unterarmen abwischen mußte.

Mehrmals, in bestimmten Abständen, fuhren wir, Kristina und ich, mit dem Omnibus von Kamering nach Villach, um uns impfen zu lassen: Diphterie, Tetanus, Kinderlähmung, Cholera, Typhus, Hepatitis A, Hepatitis B, Meningokokken. Kiloweise verstaute ich Medizin in einem großen, kantigen silbernen Aluminiumkoffer, mit dem auch schon Kristinas Eltern nach Indien gereist waren und den sie mir immer wieder abnehmen wollten, was ich aber nie zugelassen habe, immer wieder bin ich mit dem Koffer entwischt, denn inzwischen bin ich bereits siebenmal nach Indien gereist und immer mit dem großen, mehr als ein halbes Jahrhundert alten Aluminiumkoffer. Der Vormittag der ersten Abreise nach Indien kam, die schweren Koffer waren im Flur bereitgestellt. Ich ging in die Knechtstube, in der einst mein damals zwanzigjähriger Vater als Speckdieb erwischt worden war und in der meine Großmutter aufgebahrt lag, nachdem man den Leichnam in einer Wolldecke über die Stiege getragen hatte, und überlegte mir, welche Schuhe ich anziehen sollte. Ich entschied mich für die italienischen Lederschuhe, die ich einmal unweit von Rom bei einem Schuster in einem kleinen Dorf gekauft hatte, deren dicke Sohlen in der ungeheizten, eiskalten und feuchten Knechtstube angeschimmelt waren. Mich schämend, weil mir Tränen über die Wangen rannen, verließ ich das elterliche Bauernhaus, nachdem ich mich kurz und ohne ihnen in die Augen zu sehen von den Bewohnern verabschiedet hatte, und ging mit dem nahezu dreißig Kilogramm schwer beladenen Aluminiumkoffer in der Hand, es war Anfang März, in meinen verschimmelten Schuhen über den leichtbeschneiten Dorfhügel hinauf zur Omnibushaltestelle. Die Schwester Apollonia half beim Koffer- und Taschentragen, sie verließ aber – ebenfalls mit Tränen in den Augen – die Haltestelle, noch bevor der Omnibus in der Ferne, am sumpfigen Manig mit den unzähligen aufgeblühten Schneeglöckchen vorbeifahrend, auftauchte, immer größer wurde und schließlich vor uns stand und wir mitfahren sollten. Aus dem Fenster des anfahrenden Omnibusses schauend, warf ich einen letzten Blick auf mein Elternhaus. Der Vater stand im Hof, zwischen Haus und Heustadel, und schaute auf den vorbeifahrenden Omnibus, suchte uns hinter den spiegelnden Fensterscheiben, den speckigen Hut in der Hand. Die Mutter und die Schwester Apollonia hatten sich in der Küche verkrochen. In Spittal an der Drau stiegen wir in einen Zug, der uns nach München brachte. Von München flogen wir nach London und mit British Airways nach Delhi. Am Flughafen in Delhi, nachdem wir den Stempel für die Einreise in den Reisepaß bekommen hatten, nahmen wir eine Motorrikscha und fuhren, eingepfercht zwischen den Koffern und die Taschen auf dem Schoß, in der Finsternis wohl eine Stunde lang in die Stadtmitte hinein, um ein Hotel zu suchen. Links und rechts von unserer offenen Motorrikscha im weißblauen Qualm der Abgase kamen Lastwagen und Omnibusse oft zentimeterdicht an uns heran und rauschten an uns vorbei. Da und dort standen Prostituierte an den Straßenrändern oder auf den Verkehrsinseln und winkten uns zu. In der Enge von Old Delhi fanden wir nach längerer Suche und nachdem ich mich entsetzt von einigen Spelunken abgewandt hatte, die uns mitlaufende Inder aufdrängen wollten, die schweren Koffer an den Händen, in einem Hotel ein Zimmer mit einer Klimaanlage, in dem sich aber kein Fenster befand. Bereits in diesem Käfig kochten wir aus Angst vor Magen- und Darmkrankheiten desinfizierenden Ingwertee. Die ganze Nacht über lief laut die Klimaanlage. Immer wieder wachte ich auf und schaute, ob der silberne Aluminiumkoffer noch unter dem Bett stand mit der vielen Medizin. Da für diese Reise nach Indien die österreichische Botschaft für mich einige Lesungen an den Universitäten in Delhi, Jaipur, Bombay und Varanasi organisiert hatte, bezogen wir, nachdem ich den Botschaftssekretär vom Schrecken der vergangenen Nacht berichtet hatte, für zwei weitere Tage ein Gästezimmer in der Botschaft. In den frühen Morgenstunden des dritten Tages fuhren wir mit dem Zug in einer fünfzehnstündigen Fahrt nach Varanasi, wo wir schließlich in den Abendstunden in der Main Station ankamen und wo uns sofort und ohne zu fragen die aus Rajasthan stammenden Kofferträger mit den weinroten Jacken das Gepäck aus der Hand nahmen. Zwischen dem Gedränge der Leute versuchten wir die Gepäckträger nicht aus den Augen zu verlieren. Für Varanasi entschieden hatte ich mich endgültig, nachdem mir, neben Kristina, die als Kind, während ihres Rourkela-Aufenthaltes im indischen Bundesstaat Orissa, mit ihren Eltern zwar nur ein paar Tage in Varanasi verbrachte, der Wiener Literaturprofessor Wendelin Schmidt-Dengler während einer gemeinsamen Zugfahrt von Udine nach Klagenfurt ebenfalls die Empfehlung gegeben hatte, in die heilige Stadt der Hindus, nach Varanasi ans Ufer des Ganges zu fahren, da ihm in mehreren Romanen die Beschreibungen meiner dörflichen, katholischen Riten und Rituale geläufig waren und er wohl ahnte, daß ich in dieser Stadt, die auch »Mahashmashana« genannt wird, was soviel heißt wie »Der große Einäscherungsplatz«, in Indien am besten aufgehoben sein würde.

ZEIT DER GLADIOLEN

»Erwachsene und Kinder, alle, die auf dem Festplatz versammelt waren, stießen beim Anblick von O Rins Mund einen lauten Schrei aus und flohen. Als O Rin die Gesichter der Leute sah, hütete sie sich, ihren Mund zu schließen. Sie begnügte sich nicht damit, ihre oberen Zähne zu zeigen und mit ihnen ihre Unterlippe zusammenzudrücken, sie schob auch noch das Kinn vor, als wollte sie sagen: ›Seht her!‹ Und da sie überdies von Blut überströmt war, bot sie einen entsetzlichen Anblick.«

AUF DEM FOTO MIT DEM BRAUNSTICH aus den Dreißigerjahren, das an der Wand über dem beigefarbenen Telefon aufgehängt ist, hält der auf der neuen, von seinen beiden Pferden gezogenen Mähmaschine sitzende Vater die trockenen, brüchigen Pferderiemen. An der linken Hand sieht man deutlich den Stumpf seines kleinen Fingers, der ihm von einer Heuschneidemaschine abgetrennt wurde, als er drei Jahre alt war und bei den Arbeiten im Heustadel bereits mithalf, das Heu bündelweise in die Schneidemaschine gesteckt und die Hand nicht schnell genug zurückgezogen hatte. Mit der blutenden Hand, an der noch an einem Hautfetzen der Finger hing, war er mit seinem jüngeren Bruder über die Heustadelstiege hinuntergetrippelt, auf die, als sie das Geschrei und Weinen hörte, aus dem Haus eilende, bereits Schlimmes ahnende Mutter zu. »Jogele, Fingerle weg!« rief der größere Bruder. Seine Mutter hatte nur mehr die Schere nehmen und den Hautfetzen durchtrennen können. Er machte, auf der neuen Mähmaschine sitzend, einen zufriedenen Eindruck, er mußte nicht mehr mit den Knechten zur Sense greifen und in tagelanger, oft wochenlanger Arbeit ganze Felder mit der Hand mähen, er saß nun stolz auf dem schalenförmigen gelochten Eisensessel einer Mähmaschine, die von zwei Pferden gezogen wurde, die auch Namen hatten, das eine hieß »Fuchs«, den Namen des anderen Pferdes weiß ich nicht mehr. Vielleicht, denke ich jetzt, wenn ich in Kamering an das Grab des Vaters gehe zu Allerheiligen oder zu Allerseelen, wenn der ganze Friedhof nach den unzähligen von der Feuchtigkeit knisternden Kerzen, nach Weihrauch und nach den gelben und weißen Chrysanthemen riecht, wenn ich dann ein paarmal »Fuchs! Fuchs!« rufe, antwortet er mir aus der Tiefe seines Grabes und verrät mir den Namen des zweiten Pferdes, das auf dem Foto aus den Dreißigerjahren über dem beigefarbenen Telefon im Flur seines Bauernhauses, in dem auch er, im selben Zimmer wie ich, auf die Welt gekommen ist, an die neue Mähmaschine gespannt war. Er ließ sich von seinem Bruder, unserem Onkel Franz, dem Volksschuloberlehrer aus Oberdrauburg und Hobbyfotografen, mit einer Hasselblad ablichten. Onkel Franz, der im Zweiten Weltkrieg in Nürnberg bei der SS war, beteuerte immer wieder, besonders dann, wenn die brüderlichen Kriegskameraden sich jährlich am nebeligen Allerheiligentag oder am Allerseelentag in ihrem Geburtshaus trafen, um zur Gräberbesprengung ans Grab ihrer Eltern zu gehen und alle gemeinsam vom bäuerlichen Elternhaus weg über die Dorfstraße hinunter auf den Friedhof gingen, ein paar große, dicke eierschalenfarbene Kerzen beim Grabhügel in die schon leicht angefrorene und mit Reif bedeckte Erde steckten, wenn der violett gekleidete Priester in Begleitung seiner ebenfalls weißviolett gekleideten Ministranten mit dem rauchenden silbernen Weihrauchgefäß und der eingebeulten kupfernen Weihwasserschüssel von Grab zu Grab ging und alle an ihren Familiengräbern stehenden Dorfbewohner achtgaben, ob der silberborstige Weihwasserpinsel auch tatsächlich mit ein paar geweihten Wassertropfen die Erde ihres Familiengrabes besprengt und die Weihrauchschwaden die laut knisternd brennenden Kerzen und die gelben und weißen, da und dort auch roten Chrysanthemen umnebelt hatten, und wenn die Kriegsveteranen nach dieser Gräberbesprengung wieder gemeinsam den lotrechten

Balken des kreuzförmig gebauten Dorfes hinaufgingen, in ihr Elternhaus, ihre grünen Hubertusmäntel ablegten, auf die beim Hantieren mit der brennenden Kerze ein paar Wachstropfen gefallen und kleben geblieben waren, sich an den Tisch setzten und, am heißen Hagebuttentee schlürfend, in den sie Bauernschnaps schütteten, mit dem Erzählen ihrer Kriegsabenteuer begannen, ohne daß er von seinen Brüdern und vom Schwager jemals danach gefragt wurde, daß er in Nürnberg nur am Schreibtisch gesessen sei und nichts getan habe. »Ich war in Nürnberg nur am Schreibtisch und habe nichts getan!« war seine stehende Redewendung, die wir über zwei Jahrzehnte lang Jahr für Jahr, besonders zu Allerheiligen und Allerseelen, hörten, wenn er mit seinem englischen Auto, in dessen Dach er ein Fenster hatte hineinschneiden lassen, so daß es, so beklagte er sich oft, kein originales englisches Auto mehr war, aus Oberdrauburg kam, eine lilafarbene Suchard-Schokolade aus der Rocktasche zog, uns vor die Nase hielt und nie vergaß in strengem Tonfall zu sagen: »Wie sagt man denn?« – »Danke, Onkel Franz!« Für eine große Schokoladetafel war er zu geizig, immer brachte er nur kleine Schokoladetafeln, nie eine große. Die Suchard war lila und hatte Schogetten, die Bensdorf war blau und rippig. Als wir einmal nach jahrelangem Sammeln hundert leere blaue Verpackungsschleifen an die Firma Bensdorf schickten, brachte zu unserer Überraschung der Briefträger ein paar Wochen später ein Päckchen mit zwanzig Bensdorf-Schokoladetafeln.

Der junge, stolz auf der neuen Mähmaschine mit den großen Eisenrädern sitzende, die Pferderiemen haltende Bauernsohn wußte, daß er eines Tages nicht mehr der

Knecht seines Erzeugers, des Patriarchen des Hauses Enz in Kamering, sondern sein eigener Herr sein würde, er, der als Zwanzigjähriger in der Speisekammer Speck gestohlen hatte, in die Schlafkammer ging, sich unter dem Bett versteckte mit Messer, Brot und in der Hausräucherkammer geselchtem Speck, aber als der seinen Sohn suchende und in die Kammer eintretende Patriarch mit dem weißen Schnurrbart die Füße mit den benagelten Goisererschuhen unter dem Bett hervorschauen sah, gegen die Füße seines Sohnes trat und rief: »Was tust du denn da?«, kroch der Zwanzigjährige mit den Speck- und Brotresten unter dem Bett, auf dem ein weit nach unten hängender, mit Kukuruzfedern gefüllter grober Leinensack lag, hervor und entschuldigte sich, weil er, ohne zu fragen, Speck aus der Speisekammer genommen hatte, doch der Alte war sanft gestimmt und sagte nur: »Iß, wenn du Hunger hast!« Drei Jahrzehnte dauerte es, bis er Alleinherrscher über den Enznhof, bis der Sarg seines Vaters Josef Winkler geschlossen wurde, über und über bedeckt mit verschiedenfarbigen Astern und langstieligen Gladiolen, so daß man nur mehr das Gesicht des Toten mit dem weißen Oberlippenbart sehen konnte, den er zu Lebzeiten mit einer kleinen, am hölzernen Haltegriff braunglänzenden Bartbürste mit weißgrauen, weichen Borsten gepflegt hatte. Ein paar Stunden bevor vom Leichenbestatter Stimniker das im Aufbahrungszimmer an der Mauer hinter der schwarzen Dekoration lehnende Oberteil des Sarges aufs Unterteil gelegt und das schwarze, zu allen Seiten heraushängende, mit silbernen Friedenszweigen und schwarzen Rosen bedruckte durchsichtige Kunststofftuch eingeklemmt wurde, der Stimniker eine vergoldete Sargschraube nach der anderen fixierte, auf denen ein

Kreuz eingraviert war – die anderen Sargschrauben hielt er griffbereit zwischen den zusammengepreßten Lippen –, sagte der Vater zu uns bedrückt auf dem Diwan in der Küche sitzenden, bereits für das Begräbnis eingekleideten Kindern, denen die Mutter im elterlichen Schlafzimmer schwarze Trauerschleifen an den Oberarm gestreift hatte: »Buamen, gehts in den Garten und bringts dem Opa noch ein paar Blumen!« Im ganzen Haus roch es nach einer Mischung aus frischem Szegedinergulasch, Fichtenzweigen, Rosen, Nelken, Gladiolen, Astern und nach dem schon seit ein paar Tagen aufgebahrten und verwesenden Leichnam des Großvaters. Außerdem war die Tür zum Aufbahrungszimmer ausgehängt worden, nie konnte man sie schließen, Tag und Nacht nicht, immer schauten wir, den Flur entlanggehend, ob von der einen oder anderen Seite kommend, ins Aufbahrungszimmer und auf die Spitzen seiner das Sargunterteil überragenden Totenschuhe. Mit Küchenmessern gingen wir in den Garten, schnitten noch ein paar langstielige, uns bis ans Kinn reichende rote und rosafarbene Gladiolen ab und quetschten sie in den Sarg hinein, der schon voller Blumen war, so daß man nur mehr das Gesicht und die zum Gebet geschlossenen, mit einem Rosenkranz umwickelten Hände des Verstorbenen sehen konnte. Zwischen seine Finger hatte man ihm ein kleines schwarzes Kruzifix mit einem silbernen Jesus gesteckt. An den vier Sargenden waren vergoldete Löwenpranken imitierende Füße angebracht, die ich als Karl-May-Leser immer wieder anstarrte. Ich fragte mich, ob sie in der kommenden Nacht mit dem toten Großvater davon, in den Orient, *durchs wilde Kurdistan* und *durch die Wüste* laufen oder ob die goldenen Löwenpranken am Sarg zuschlagen und das Gesicht zerkratzen werden, wenn einer seiner Feinde zur Verabschiedung kommen und mit dem in einem Kaffeeschälchen liegenden Fichtenzweig dem Großvater noch Weihwasser ins Gesicht spritzen wird und die empfindsamen Gladiolenblüten zurückzucken werden. Ich stellte mir die blutigen Kratzspuren im Gesicht vom alten Petutschnig vor, der sich unvorsichtig dem Sarg näherte, von den Löwenpranken attackiert wurde, vor dem eigenen blutverschmierten Gesicht ein Kreuzzeichen schlug, bevor er das Trauerhaus verließ und zur Tür hinauslief. Noch unheimlicher als der im Sargunterteil liegende tote Großvater war der an der Zimmerwand lehnende schwarze Sargdeckel mit dem aufgenagelten Kruzifix, den ich, das schwarze Dekorationstuch zur Seite schiebend, immer wieder bestaunte und betrachtete, vor allem die schlecht gehobelte, unlackierte Sargdeckelinnenseite.

Der schlanke, großgewachsene Großvater Josef Winkler vulgo Enz wurde in der ehrenwerten Bauernstube, die dicke, zahnlose Großmutter Theresia Winkler vulgo Enz in der nach Zigaretten und Alkohol stinkenden Knechtstube aufgebahrt. Sowohl die Bauernstube als auch die Knechtstube wurden nach dem Begräbnis, nachdem der Leichenbestatter sein Gestell weggeräumt hatte und in ein anderes Dorf zum nächsten Aufbahrungszimmer gefahren war, frisch ausgeweißt, das eine mit einem goldfarbenen Spinnwebmuster, das andere mit einem kaminroten Blumenmuster geschmückt. (An der Innenmauer des Plumpsklosetts probierte der Maler, der Onkel Hermann, immer Muster und Farbe aus, bevor er die Wände im Haus bemalte, und verwandelte den heimlichen kleinen Innenraum in ein Tapetenmustermuseum.) Wochen vor ihrem Tod rief die Großmutter immer wieder nach ihrem Sohn: »Jogl! Jogl! Hilf mir!« Mein Vater verbrachte ihre letzten Nächte in ihrem Zimmer, im ehemaligen Sterbebett seines eigenen Vaters, denn sie hatte Angst zu sterben und schrie oft: »Ich will nicht fortgehen! Ich will nicht sterben!« Als sie dann tatsächlich gestorben war, das Fichtenästchen hatte noch gewippt, nachdem der lange auf die Fensterscheiben des Sterbezimmers starrende Totenvogel vom Baum aufgeflogen war, der Eichelhäher, den sie Tschufitl nannte – »Ich hab die Tschufitl gehört! Wer wohl sterben muß! Wer wohl der nächste sein wird!« –, und der Hausarzt Sepp Plank den Totenschein ausgestellt und mit geröteten Augenlidern das Haus verlassen hatte, kam der Vater mit verweinten Augen, ein Taschentuch, das schon wochenlang in seiner Hose steckte, an Nase und Augen drückend, in die Küche und sagte: »Es ist vorbei!«, und der an der Küchentheke stehenden, das Mittagessen zubereitenden, überforderten Mutter, die sie hatte pflegen und ihr mehrmals am Tag das Essen über die Stiege hatte bringen müssen, kamen die Worte: »Gott sei dank! Jetzt ist es vorbei!« nicht über die Lippen, aber nach dieser Todesnachricht atmete sie auf, noch heute höre ich den erleichternden Atem der an der Budel stehenden, den Teig knetenden Mutter, denn sie war, gerade in der Anfangszeit, als sie von der Aichholzerhube auf die Enznhube heiratete, hundert Meter weit vom einen zum anderen Bauernhof zog und nicht einmal den Familiennamen wechseln mußte, da es derselbe war, unzählige Male von ihrer Schwiegermutter gedemütigt worden. Erwähnte sie nur den Namen ihrer eigenen Mutter, die im Zweiten Weltkrieg drei Söhne im jugendlichen Alter verloren hatte, zwei in Rußland, einen in Jugoslawien, wurde sie mehrere Wochen lang von ihrer eifersüchtigen Schwiegermutter nicht mehr beachtet, die Alte verließ, die Beleidigte spielend, die gemeinsame Bauernküche und zog sich wochenlang in ihr Zimmer, ihr späteres Sterbezimmer zurück und ließ sich mit warmen und kalten Speisen bedienen. Mit ihrem schwarzen, am gebogenen Griff verschmutzten Krückstock klopfte sie auf den mit einem Linoleumbelag überzogenen Holzboden, um jemanden, ihre Schwiegertochter oder ihre Enkelkinder, in ihr Zimmer zu locken, aber wir rührten uns gerade in ihrer letzten Lebenszeit oft stundenlang nicht, wenn sie klopfte und klopfte, Gesellschaft haben wollte, auf dem nach Urin stinkenden grünen Diwan mit dem Blumenmuster saß – nicht selten hinterließ sie im Flur und auf dem Balkon, wenn sie sich aufs Plumpsklo schleppte, Urinspuren und Kotpatzen –, die Hände faltete und stundenlang die beiden Daumen umeinander kreisen ließ und, wie sie sich ausdrückte, spekulierte. Die Oma spekuliert den ganzen Tag! hieß es. Niemand wußte, worüber sie spekulierte, woran sie dachte, aber es interessierte sich auch niemand mehr dafür, sie bekam regelmäßig ihr Essen, morgens wurde sie gewaschen, ihre dünnen weißen Haare wurden von der Mutter mit Veilchenöl eingerieben, zu einem Zopf geflochten, auf dem Hinterkopf zu einer Schnecke gedreht und mit Haarnadeln befestigt. Dann und wann schickte sie mich zum Deutsch, und ich brachte ihr ein paar frische Semmeln und eine Schachtel mit Enzianschmelzkäse, dessen Dreiecke sie mit ihren nach Urin riechenden Fingern aus dem Silberpapier befreite und den wir dann, gemeinsam auf dem Diwan sitzend, zu essen begannen. Als sie in Anwesenheit vom Vater und vom Doktor Plank, laute Todesschreie ausstoßend, ihre Augen für immer schloß, kam wieder der Leichenbestatter Stimniker mit seinem schwarzen Mercedes, öffnete die beiden Flügel der Hintertür, schob den Sarg mit den vier vergoldeten Löwenpranken heraus und trug ihn mit dem zu Hilfe eilenden Vater in die bereits ausgeräumte und geputzte Knechtkammer, in der der Holzboden mit den da und dort hervorstehenden Nägeln noch feucht war vom Reinigen, holte das Gestell für den Katafalk, auf dem der Sarg aufgestellt wurde, die schwarzen Dekorationstücher, mit denen er die noch immer nach den filterlosen Dreierzigaretten riechende Knechtkammer in eine kleine schwarze Gruft verwandelte und das ebenfalls im Auto liegende mannsgroße Kruzifix. Geh zum Knapp und hol mir eine Packung Dreier! sagten die Knechte oft zu mir. Der Sohn der Verstorbenen, mein Vater, der damals schon fast sechzig Jahre alt war, ging mit dem Stimniker über die sechzehnstufige, abgetretene Holzstiege in den ersten Stock hinauf. Sie hoben den von ihrer Tochter, der guten Haut, gewaschenen und eingekleideten Leichnam auf eine Wolldecke, die sie am Boden ausgebreitet hatten und trugen ihn, jeder an zwei Zipfeln festhaltend, über die Stiege hinunter, legten den Leichnam in den Sarg hinein und hoben den schwarzlackierten Schrein, der ausgefüllt war mit der dicken Großmutter, aufs vorbereitete Gestell. Von der Küche aus, auf dem Diwan sitzend, hörte ich die Geräusche der laut schnaufenden und vorsichtig, Schritt für Schritt kontrollierenden, mit dem schweren Leichnam über die Stiege gehenden Männer. Bevor der Sarg geschlossen wurde, in der Stunde des Begräbnisses, schickte uns der Vater nicht mehr in den Garten, um Blumen zu holen und ihr in den Sarg zu legen, obwohl auch diesmal die Zeit der Gladiolen war.

DER AM FLUSSUFER EINGEEISTE SARG

»*Im hinteren Gebirge lag der Dorffriedhof. Starb ein junger Mensch, opferte man selbst in diesem Dorf, in dem es so wenig zu essen gab, auf dem Grabe eine Schale mit Lebensmitteln, die von den Raben sehr schnell aufgefressen wurden. Deshalb heißt es, daß die Raben sich freuen, wenn ein Begräbnis stattfindet. Es heißt ferner, sie hätten geheimnisvolle Vorahnungen und wüßten immer im voraus, wann ein Begräbnis stattfinden sollte – deshalb krächzten sie vor Freude: Daher gilt ihr Krächzen als Ankündigung eines Begräbnisses.*«

DER VATER, DER DEN ENZNHOF über fast hundert Jahre erlebt und belebt hatte, der von seinem dritten, vierten Lebensjahr an mit kleinen Arbeiten auf dem elterlichen Bauernhof angefangen, als dreijähriges Kind bei einem Arbeitsunfall im Heustadel an einer Heuschneidemaschine den kleinen Finger seiner linken Hand verloren und erst im Alter von fünfundneunzig Jahren die Mistgabel endgültig aus der Hand gegeben und schließlich im biblischen Alter von neunundneunzig Jahren in der Bauernstube unter einem breit eingerahmten, an der Wand hängenden großen, retuschierten Bildnis seines Vaters, des Patriarchen Josef Winkler vulgo Enz, der ihm, seinem Sohn und späteren Hoferben, erst nach dem dreißigsten Lebensjahr das Duwort angeboten hatte, ohne Wenn und Aber für immer eingeschlafen war – eines seiner letzten Worte soll »Ich mag nicht mehr warten!« gewesen sein –, in der Bauernstube, in der auch sein Herr und Gebieter aufgebahrt und von seinen Enkelkindern mit Astern und Gladiolen im Sarg überschüttet worden war, bevor der Stimniker das Sargoberteil hinter den schwarzen Tüchern der Wanddekoration hervorgeholt hatte, er also, der wohl fünfundachtzig Jahre seines Lebens gearbeitet und dieses Dorf und sein elterliches Anwesen nur für die Zeit seiner sechs Kriegsjahre verlassen, zwei davon in englischer Gefangenschaft, in Frankreich und England, zugebracht hatte, wo er, wie er erzählte, oft so hungrig gewesen sei, daß er am liebsten dem Teufel die Ohren abgefressen hätte, er also wurde wenige Stunden nach dem Eintreten des Todes nicht mehr in seiner eigenen Bauernstube zur Verabschiedung aufgebahrt, sondern, da es aus hygienischen Gründen gesetzlich verboten ist, tage- und nächtelang den Toten im Sterbehaus zur Schau zu stellen für die Trauergemeinde und für die Freudengemeinde, die Verwandten, Angehörigen und Neugierigen, von der Tochter des Leichenbestatters Stimniker, die dessen Aufbahrungs- und Bestattungsfirma übernommen und die auch ihre eigenen Eltern mit ihrer Firma bestattet hatte, ins benachbarte Dorf Feistritz in die am Friedhof gelegene Leichenhalle gebracht. Erst am Tage seines Begräbnisses wurde der Wunsch des Vaters erfüllt und sein Leichnam in die Vorhalle seiner Heimatdorfkirche Kamering auf einen Katafalk gestellt, die er schon Jahrzehnte vor seinem Tod zu einer Leichenhalle umgestaltet haben wollte, denn er wollte auch als Verstorbener dieses kreuzförmig gebaute Dorf mit seinen zweihundert Menschenseelen, in dem er, abgesehen von den Kriegsjahren, fast hundert Jahre verbracht hatte, nicht mehr verlassen, aber diese Umgestaltung der gewölbeartigen Kirchenvorhalle mit den offenen Fenstern scheiterte an den behördlich vorgeschriebenen hygienischen Voraussetzungen, denn unmittelbar neben einer Leichenhalle muß eine Toilette mit Fließwasser installiert sein. Es kann doch in diesem kleinen Dorf jeder auf sein eigenes Klo gehen! rief er empört mehrmals, als wieder von der Umgestaltung der Kirchenvorhalle die Rede war und er sich Sorgen um seine sterblichen Überreste machte. In die Vorhalle waren aber in der Zwischenzeit Fenster eingebaut, und nachdem der Pfarrhof verwaist war und kein Pfarrer mehr in dem alten, im Winter eiskalten, schwer heizbaren Gemäuer wohnte, war der armlose, mannsgroße Christus, der jahrzehntelang im großen, breiten Flur des Pfarrhofs stand, in diese Kirchenvorhalle gebracht und an der Wand befestigt worden. Mehr als zehn Jahre vor seinem Tod hatte der Vater den Wunsch geäußert, die Leichenhalle solle, bevor er endgültig weggetragen werden würde, ob in Kamering oder in Feistritz, in der Nacht abgeschlossen, zugesperrt werden, denn er hatte Angst, daß ihm geschehen könnte, was einmal, wenige Tage vor Weihnachten in Oberkärnten einem Verstorbenen passiert war, dessen Sarg von mehreren Männern aus einer Leichenhalle gestohlen, verschleppt und in die Drau geworfen wurde. Den schwimmenden Sarg mit dem Toten trieb es mehrere Kilometer weit flußabwärts, ehe er am Ufer der Drau zwischen den Eisblöcken steckenblieb und, bereits eingeeist, am Heiligen Abend, als ringsum in den Häusern die mit Engelshaar und silbernem Lametta geschmückten Christbäume aufleuchteten und die Sternspritzer flimmerten, aus dem weißblauen Eis gehackt, geborgen werden mußte und der im Sarg liegende Tote, in einen Eisblock eingehüllt, zuerst in einer Fabrikshalle von einer Heißluftmaschine angestrahlt, enteist, getrocknet und schließlich in der Aufbahrungshalle, die nach dieser Schandtat Tag und Nacht von Verwandten des Toten bewacht wurde, wieder auf den Katafalk gehoben werden konnte. Sechs Männer waren nötig, um den in kompaktem Eis im Sarg eingefrorenen, einen Kärntneranzug und eine rote, mit silbernem Edelweiß bestickte Krawatte tragenden Toten zu bergen, über den Damm am Ufer der Drau zu tragen und in den Leichenwagen zu heben. Der steifgefrorene Tote mußte noch einmal neu eingekleidet und der schwer beschädigte Sarg ausgetauscht werden. Das auf dem Sarg angenagelte Holzkruzifix wurde von den Tätern abgerissen, in die Drau geworfen und ebenfalls, einglasiert, am Flußufer senkrecht im Eis stehend, geborgen und zum Pfarrhof gebracht. Der Gekreuzigte hatte sich aufgebäumt gegen seinen Ertrinkungstod, stock und steif und stolz ragte er mit hocherhobenem, dornengekröntem Haupt zwischen den hellbraunen, dürr gewordenen Schilfstangen mit den dunkelbraunen Kolben aus dem vereisten, mit weißen Luftblasen gescheckten Wasserspiegel und ließ sich, wenige Stunden vor der Christmette, in Anstand und Würde und mit Gebeten vom Priester, der bereits zur Bergung des Sarges gerufen worden war, wegtragen und in Sicherheit bringen.

Am Tage seines Begräbnisses wurde der tote Vater mit dem schwarzen Mercedes der Bestatterin Stimniker von der Leichenhalle in Feistritz nach Kamering überführt und in der Kirchenvorhalle, unmittelbar neben dem menschengroßen, armlosen, an der Nordwand befestigten Jesus aufgebahrt, der vor dem Zweiten Weltkrieg von zwei Männern in den Wald geschleppt und über einen Wasserfall hinuntergestürzt worden war und jahrzehntelang im Flur des Pfarrhofs gestanden hatte. Die Arme des Gekreuzigten, die beim Aufprall auf den Steinen im Bachbett vom Körper brachen und über Stock und Stein geschwemmt wurden, konnte der Pfarrer Franz Reinthaler, der den Torso barg und in den Pfarrhof brachte, nicht mehr finden, dafür aber, so erzählte er immer wieder beim samstägigen Religionsunterricht und bei seinen sonntägigen Moralpredigten, haben die Frevler im Hitlerkrieg ihre beiden Arme verloren, mußten mit hölzernen Armprothesen weiterleben, an denen eiserne Haken angebracht waren, damit sie zur Arbeit gehen konnten, von ihren Frauen und Kindern bis an ihr Lebensende gefüttert werden und wurden, als sie frühzeitig starben, nicht einmal mit gefalteten Händen, dafür aber neben den Selbstmördern außerhalb der Kirchenmauer begraben. Nicht einmal mit zum Gebet gefalteten Händen konnten die Christusschänder im Sarg liegen! rief der Pfarrer Franz Reinthaler von der Kanzel, das war die Strafe Gottes für ihre Freveltat! Bis in alle Ewigkeit werden ihre Seelen in der Hölle schmoren, sie werden zu keiner Ruhe mehr kommen! Am frühen Nachmittag des Tages, an dem der Leichnam des Vaters von der Feistritzer Leichenhalle in die Kameringer Kirchenvorhalle überführt wurde, fand schließlich sein Begräbnis statt. Der Sarg mit den sterblichen Überresten wurde in die Kirche Maria in Dornach hineingetragen und schließlich nach dem Gottesdienst, nachdem der schwarzgekleidete Priester Weihwasser verspritzend und mit dem Weihrauchfaß mit den glühenden Kohlestückchen, auf denen der Kirchenweihrauch verbrannte, rund um den mit Blumenbuketts und Blumenkränzen geschmückten Sarg gegangen war, im Familiengrab, im Grab seines Vaters und seiner Mutter, die über vier Jahrzehnte zuvor gestorben waren, in Anwesenheit einer großen Trauergemeinde und einer ebenso großen Freudengemeinde begraben in einem tiefen Erdloch, in dem sich mehrere von den Spatenstichen halbierte Regenwürmer krümmten. Selbst die Feinde des Vaters, weibliche und männliche, mit denen er über Jahrzehnte kein Wort gesprochen hatte, ließen es sich nicht nehmen, vor dem Abschiedsgottesdienst die erste Reihe der Kirchenbänke entlangzudefilieren und den engsten Verwandten, vor allem der Witwe, meiner Mutter, den Schwester und Brüdern, Beileid zu wünschen, Beileidswünscher, die froh waren, daß er, der das ganze vergangene Jahrhundert mit den zwei Weltkriegen überlebt hatte, schließlich und endlich doch noch ans Ende seiner Tage gekommen war, denn manche hatten schon befürchtet, daß er, der sich noch im Alter von fünfundneunzig Jahren einen Traktor gekauft hatte und damit noch über ein Jahr lang, solange es ihm sein Augenlicht erlaubte, grinsend landauf und landab gefahren war und sich, an Friedhofsmauern vorbeifahrend, um keine Grabinschrift geschert hatte, unsterblich und unausrottbar sein könnte. Sein dicker Bruder, der Onkel Pepe, ließ sich, mehr als ein Jahrzehnt vor seinem Tod, auf dem Friedhof in Paternion einen Grabstein mit seinem Namen und seinem Geburtsdatum errichten. Nach seinem Tod mußte der Steinmetz nur mehr sein Sterbedatum einmeißeln und mit goldfarbenem Lack auspinseln. Oft hatte der Pfarrer Franz Reinthaler, dem jede Eitelkeit fremd war und der einmal die mit Wasserstoff aufblondierte und hochgesteckte Frisur einer jungen Bäuerin halb anonym, aber trotzdem für die Gläubigen unverkennbar – »Sie hat eine zusammengeknüllte Illustrierte im Haar!« – verhöhnt und verspottet hatte, wenn er von Tod und Sterben sprach, von der Kanzel gedonnert: »Das heißt nicht mein Beileid, sondern mein Mitleid!«, aber ein halbes Jahrhundert lang hatte sich niemand im Dorf seine Worte zu Herzen genommen, sie streckten nach wie vor bei jedem Leichenbegängnis ihre Hände aus und sagten süßelnd, herzerwärmend, mit gebrochener Stimme oder auch kalt und trocken: »Beileid!« Und im besten Falle: »Mein Beileid!« Die engen Verwandten des Toten nannte der Pfarrer Franz Reinthaler »Die Hinterbliebenen«, und die Totenrede, als der Sarg meines verstorbenen Großvaters zur Aussegnung in der Kirche stand, begann er mit den Worten an meine Großmutter »Liebe Frau Enz!«

und schließlich an die Verwandten gerichtet »Liebe Hinterbliebene!« Da ich beim Begräbnis meines Großvaters Josef Winkler vulgo Enz als Verwandter des Toten nicht ministrieren durfte, wußte ich, bei der Verabschiedung in der ersten Kirchenbankreihe sitzend, daß ich ein »Hinterbliebener« bin.

Während des Begräbnisses, als der tote Vater mit dem Auto der Leichenbestatterin Stimniker das letzte Mal an seinen Feldern, die er über acht Jahrzehnte beackert hatte, entlanggefahren wurde, meine Mutter, die Schwester und meine Brüder aus unserem Elternhaus mit den Totenkränzen auf den Schultern über den lotrechten Balken des kreuzförmig gebauten Dorfes, das zur Jahrhundertwende, wenige Jahre vor der Geburt meines Vaters, als Kinder auf einer Tennbrücke zündelten und der Wind die Flammen eines brennenden Heubündels in den Stadel hineintrieb, fast vollkommen abbrannte – sechsundzwanzig Objekte wurden eingeäschert – und unmittelbar danach wieder kreuzförmig aufgebaut wurde, zum Friedhof gingen, standen der Frommel Adam und sein Sohn, der ebenfalls Adam heißt, zwei Dorfbauern, die nicht zum Begräbnis gingen, in ihrem Hof an der immer wieder aufjaulenden Kreissäge der Holzschneidemaschine und störten mutwillig die andächtige Stille und das Geläute der Glocke, die den Toten, wie es im dörflichen Sprachgebrauch heißt, zu seinem letzten Erdenweg hinausläutet. Seit der Frommel Adam, der einmal bei einer Nachbarschaftssitzung, als über die Holzschlägerungen der Kameringer Auen, die allen Dorfbauern gehörten, und über die Nutzung und Wartung des gemeinsamen Mähdreschers gesprochen wurde, meinen Vater in der verrauchten Gaststube mit den Worten: »Wenn ich deine Schandtaten aufzähle, dann kannst du dich unter dem Tisch verkriechen!« öffentlich verleumdet und den Ehrenbeleidigungsprozeß verloren hatte, weil er keine Schandtaten aufzählen konnte, sprachen sie, deren Höfe eng nebeneinander stehen, jahrzehntelang kein Wort mehr miteinander. Und am Tage seines Begräbnisses, nachdem sie, ein paar Tage zuvor, versteckt hinter der immer noch im Gemüsegarten meiner Mutter stehenden Buchsbaumstaude, die der Frommel Adam, der, vor dem Strauch stehend, das Hackbeil schon in den Händen, längst abhacken wollte, da die Äste seine Hauswand berühren, aus dem Badezimmer schauend, endlich den Leichenwagen gesehen und es sich auch bald herumgesprochen hatte nach dem Zügenläuten, daß der alte Enz gestorben war, zerstückelten sie das Holz für ihre Winteröfen, aber die süßelnde, inzwischen auch alt gewordene, nicht mehr mit Stöckelschuhen durchs Dorf pfauende Frau vom Frommel Adam, die Heidemarie Frommel, die nun bescheidener geworden ist, die sich aber bei sonntäglichen Messen keine geweihte Hostie entgehen läßt, den Leib Christi mit Haut und Haaren verschlingt und keine Illustrierte mehr, weder den *Stern* noch die *Quick*, die wir als Kinder dann und wann, wenn auch unter dem Gemurre ihres Gatten, von ihrer Familie ausborgen durften, um in eine andere Bilderwelt einzutauchen mit der vollbusigen Sophia Loren, der Gina Lollobrigida und der Raquel Welch, als zusammengeknüllte, färbige Pracht in ihrem mit Wasserstoff aufblondierten Haar trägt, war zum Begräbnis meines Vaters gekommen, und mit ihrer seit Jahrzehnten wohlbekannten süßelnden und vertrauenerweckenden Stimme und ihren Beileidswünschen in der ersten Reihe der Kirchenbank zur Stelle.

Die vom Tod des Vaters getroffene Gattin, meine Mutter, und die Kinder mußten auch noch »Danke!« sagen für ihre Beileidswünsche, statt mit brennenden Kerzen in der Kirche herumzuwerfen, über den blumenübersäten Sarg hinweg und mit dem Ewigen Licht den Tabernakel abzufackeln, während der Frommel Adam und sein Sohn, mit der Kreissäge Knochen und Schädel des Toten zerstükkelnd, die Schandtaten des Lebenden und die Schandtaten des Toten aufzählten, in den Lärm der aufjaulenden Kreissäge Worte der Glückseligkeit hineinschrien, schließlich den Sarg vierteilten und sich gegenseitig lachend mit dem feinen, noch warmen Sägemehl bewarfen und bestäubten.

Ein Jahr vor seinem Tod rief mich der achtundneunzigjährige Vater eines Abends, an einem Sommertag, in Klagenfurt an und schrie ins Telefon: »Sepp! Was bist denn du für ein Schwein, ein richtiger Sauhund bist du! Was hast du denn schon wieder über den Lemmerhofer Frido geschrieben? Seine Frau soll ihn in den Schweinstall geworfen haben, besoffen soll er gewesen sein, und die Schweine sollen ihm die Hoden abgefressen haben, während er ohnmächtig vom Suff im Dreck gelegen ist? Das stimmt ja alles nicht! Das hat mir der Lemmerhofer auf der Gartenbank erzählt. Was bist denn du für ein Mensch! Ich sage dir nur eines! Wenn ich einmal nicht mehr bin, dann möchte ich nicht, daß du zu meinem Begräbnis kommst!« Danach warf er den Telefonhörer auf die Gabel, unter den an der Wand hängenden braunstichigen Fotos aus den Dreißigerjahren, auf denen der noch jugendliche Vater am Kirchenfeld, das er von der Diözese Gurk gepachtet hatte, auf der neuen, von zwei Pferden gezogenen Mähmaschine saß. Am nächsten Morgen rief die Schwester Apollonia an und ließ mir vom Vater ausrichten, er habe Angst, daß ich bei seinem Begräbnis erschlagen würde. Am Rande dieses unmittelbar an den Kirchhof grenzenden Kirchenfeldes, an der Friedhofsmauer, befanden sich der zweite Gemüsegarten meiner Mutter und der Karner, in dem einst die Knochen und die Totenköpfe der Verstorbenen gesammelt und aufgestapelt wurden, besonders nach einer schweren Überschwemmung der Drau, als der nördliche Teil des um die Kirche errichteten Friedhofs von den braunen Fluten weggerissen wurde, die halbverwesten Leichen und die Särge mit den frisch Verstorbenen in den Fluten schwammen, manche fort in die Drau geschwemmt wurden und andere, als das Wasser wieder zurückwich, soweit man sie noch identifizieren konnte, aus dem Schlamm geborgen, neuerlich in den Familiengräbern bestattet und die mit Erde und Schlamm gefüllten Totenschädel und die Knochen im Karner aufgestapelt wurden. Holzkreuze schwammen in den überfluteten Getreidefeldern, die Eisenkreuze blieben im Schlamm stecken. Als ich einmal, nachdem ich mich ein Jahr lang in der Schweiz aufgehalten hatte und zur Goldenen Hochzeit meiner Eltern nach Kärnten gereist war, dem Vater erzählte, daß ich, um den Gottesdienst nicht weiter zu stören, mit dem unruhig in der Sitzbank hin- und herwetzenden zweijährigen Kasimir aus der Kirche ging, das Kind auf der Friedhofsmauer lief und wir an eine Stelle kamen, wo ich auf einem Abfallhaufen die erdigen Knochen eines Toten liegen sah, die offenbar aus einem Grab geworfen worden waren, sagte der Vater: »So etwas möchte ich nicht erleben, das dürft ihr mir nicht antun, wenn ich einmal nicht mehr bin!« Nach einer Beerdigung hat früher der Totengräber die Knochen, die er beim Ausheben des Grabes fand, nach der Messe und den Trauerfeierlichkeiten, bei denen der Sarg an Stricken, mit denen sich die Dorfjugend erhängt, Kälber auf die Welt gezogen und Kinder geschlagen werden, in die Erde hineingelassen wurde und die Trauergemeinde den immer noch vor dem offenen Grab stehenden Verwandten noch einmal kondolierte, auf den Sarg gelegt, bevor er das Loch zuschaufelte. So thronte dann und wann der Totenschädel der verstorbenen Mutter oder des verstorbenen Vaters auf dem Sarg ihres nun ebenfalls verstorbenen, eingesargten Nachkommen. Die Särge der Erwachsenen waren schwarz, die Särge der Jugendlichen blau und die Särge der Kinder weiß. Schwarz, blau oder weiß waren auch die Schleifen an den Blumenkränzen. Niemals warteten die engsten Angehörigen der Toten, bis der Totengräber das Grab zugeschaufelt, die Kränze und Blumenbuketts am Grabhügel arrangiert hatte. Unmittelbar nachdem die Trauergäste im Gänsemarsch am offenen Grab vorbeidefiliert waren, gingen die Hinterbliebenen zurück ins Trauerhaus. Von einem *offenen Grab* sprach man, wenn der Sarg bereits in die Grube eingelassen war. War das ausgehobene Grab noch leer, sprach man von einer ausgeschaufelten Grube oder von einem ausgehobenen Erdloch. Kurz bevor in der Kameringer Kirche die Goldene Hochzeit meiner Eltern gefeiert wurde, starb im Krankenhaus in Villach der Bauer Peter Irasch, der in Kamering zu Grabe getragen wurde. Sein Sarg wurde ins frisch ausgehobene Erdloch eingelassen, und die noch vorhandenen Knochen seiner Mutter wurden aus dem Grab geworfen und lagen vor dem Hintereingang des Friedhofs neben einer Mülltonˍ

ne auf einem Erdhaufen, als Kasimir auf der Friedhofsmauer lief. Seit dieser schweren Überschwemmung existiert der Friedhof, weggerissen und weggeschwemmt von den braunen, das hochgewachsene Getreide zerstörenden Fluten, nur mehr hufeisenförmig an der südlichen Seite. Die Überschwemmung hatte den um die Kirche Maria in Dornach gelegten Kranz der Gräber und Toten, der Kruzifixe und Grabsteine, zerstört. Mit dem Namen Maria in Dornach wurde die Kirche getauft, weil einem Gläubigen die Jungfrau Maria in einer scharlachrote Früchte tragenden, dornigen Berberitzenstaude erschienen war. Von den Überschwemmungen der Drau wurde der an dieser Stelle aufgestellte Bildstock mehrmals zerstört, aber er wurde immer wieder neu aufgestellt.

ROPPONGI

»Da die Dorfbewohner voller Mordlust zu sein schienen, war es gut möglich, daß im Laufe der Nacht die Leute aus dem ›Haus, wo's regnet‹ einer nach dem anderen verschwinden würden. Alle fühlten sich bei dem Gedanken daran ein wenig unbehaglich. Selbst der Steinmörser, den Tama-yan betätigte, gab ein merkwürdiges Mahlgeräusch von sich ...«

ALS DER VATER STARB, hielten wir uns in Japan auf – der neunjährige Kasimir und die zweijährige Siri waren auch dabei –, fuhren mit dem Auto von Tokio in die Berge von Nagano, vorbei an rauchenden Vulkanen, zu einem Literatursymposion. An seinem Todestag, einem Samstag, bei einer Veranstaltung in Nagano, als ich Geschichten vom Ackermann aus Kärnten vorgelesen und danach mit den Zuhörern besprochen hatte, kamen mir die Worte von den Lippen: »Wenn er heute stirbt, ich fliege nicht zu seinem Begräbnis zurück!«, aber als wir dann am darauffolgenden Montag auf dem Rückweg von Nagano, noch im letzten Moment die wegen eines drohenden Vulkanausbruchs errichteten Straßensperren passierend, in Tokio ankamen und beim österreichischen Botschafter im Stadtteil Roppongi, wo wir im International Guest House wohnten, zum Mittagessen eingeladen waren – Kasimir und ich verspäteten uns, da wir in einem Spielzugladen Yogyo-Karten suchten, auch den Eingang des Botschaftsgebäudes nicht sofort fanden –, stand der Sekretär des Botschafters mit einem Zettel in der Hand auf der Straße vor der weinenden, die zweijährige Siri im Arm haltenden Kristina. Mein in Deutschland lebender Bruder Stefan suchte uns verzweifelt, es war ihm nur bekannt, daß wir uns in Japan aufhielten, und ich hatte, da wir nur vierzehn Tage lang unterwegs sein würden, mich von niemandem verabschiedet, hatte im Elternhaus keine Adresse, keine Telefonnummer hinterlassen, wo ich zu erreichen wäre. Ich dachte immer wieder, auch als der Vater achtzig und neunzig Jahre alt war, daß er, der bis auf seine letzten Lebenswochen nie tagelang bettlägrig war, wohl noch den kommenden Winter übertauchen werde. Man hatte immer Sorge, daß er sich im Winter eine Lungenentzündung holen könnte, denn er schonte sich auch als Neunzigjähriger nicht und kam oft erschöpft, mit eingefallenen Wangen und verschwitzt, von Holzarbeiten aus dem Wald zurück. Selbst dann, als er im Alter von fünfundachtzig Jahren den Hof an seinen ältesten Sohn Bruno Miklau übergeben hatte, arbeitete er, besonders in den ersten Jahren nach der Übergabe, von früh morgens bis spät abends, half dem Hoferben bei den Stall- und Feldarbeiten ein ganzes Jahrzehnt lang, bis zu seinem fünfundneunzigsten Lebensjahr. Über ein halbes Jahrhundert hinweg kann ich mich nicht erinnern, daß er einmal eine ganze Siebentagewoche im Bett gelegen oder gar ein Arzt zu ihm gekommen wäre, der nach einer Penicillinspritze gekramt hätte in seiner schwarzen Doktortasche. Erinnern kann ich mich nur an seine immer wiederkehrenden Kreuzschmerzen, die er mit einem löchrigen Hansaplast-Wärmepflaster, das wir öfter mit einem Fahrrad im Nachbardorf Paternion in der Apotheke holen mußten, zu kurieren versuchte. Das Wärmepflaster enthielt Cayennepfefferdickextrakt und roch nach einer Gewürzmischung, deren Aroma ich als Kind immer mit einer selten verschenkten Zärtlichkeit verband, denn besonders sanft war er, wenn er, das löchrige Wärmepflaster auf dem Rücken, gekrümmt mit einer Heugabel die Futterbarren im Stall entlangging – oder wenn seine Oberkieferprothese in Reparatur, er verlegen war und nicht ohne eine lächerliche Figur zu machen und clownhafte Grimassen zu schneiden schreien, uns zur Arbeit rufen konnte. Vor über einem Jahrzehnt erzählte die Mutter zu meiner Überraschung, daß er mich als Kind nie auf den

Schoß genommen haben soll. Tatsächlich kann ich mich nicht erinnern, jemals auf seinem Schoß gesessen zu haben. Damals lebte der Großvater noch, sein Vater, dem er sich sein ganzes Leben lang unterworfen hatte, in dessen Anwesenheit er es nie wagte, mir gegenüber Zuneigung zu zeigen, der Großvater, der mich ablehnte, dem meine Widerspenstigkeit mißfallen hatte, der morgens, wenn meine Mutter noch im Stall die Schweine fütterte, zu meinem zwei Jahre jüngeren Bruder und zu mir ins Schlafzimmer kam und uns, die wir aufgewacht waren, ankleiden wollte. Ich wehrte mich mit Händen und Füßen gegen seine kalten Hände und schrie, bis die Mutter kam. Immer wieder sagte er über mich: »Der schreit wie am Spieß!« Als ich fünfzehn Jahre alt war und wie mein Freund Emanuel Wenger eine Beatlesfrisur trug, haßte mich der Vater und beschimpfte uns als Gammler und Sandler, schrie mich im engen Flur des Bauernhauses an, wo wir aneinanderstießen, wann ich denn endlich wieder einmal zum Friseur ginge, wie ich denn aussähe mit meinen Haarfetzen und daß man sich für mich schämen müsse. Und als es dann einmal zwischen meinem jüngeren Bruder und mir, den ich als Kind nachts öfter »Heiliger Himmel! Heiliger Himmel!« rufen hörte, im Sterbezimmer der Großeltern zu einer lautstarken Rangelei kam, bei der wir die Tischplatte des großelterlichen, gelb lackierten und schwarz umrandeten Tisches zerbrachen, auf dem zu Lebzeiten der Großeltern jährlich der glitzernde Christbaum stand und letzten Endes von den Ärzten für die verstorbenen Großeltern die beiden Totenscheine hinterlegt wurden, ging der den Streit zwischen mir und meinem Bruder wahrnehmende, über die Stiege eilende Vater, ohne zu fragen, wer denn Schuld habe, sofort auf mich los, aber ich trat zwei Schritte zurück, öffnete meine Arme und rief: »Schlag, schlag zu, ich spüre nichts mehr!« Er zuckte zusammen, drehte sich um, ging über die Stiege und wagte nie mehr einen Kommentar zu meiner Frisur oder zur verlotterten Levisjeans. Eine Zeitlang später, er stand mit seiner blauen, mit Stallmist befleckten Arbeitshose und mit seinen kotigen Goisererschuhen an der Küchentürschwelle, während ich mit einem aufgeschlagenen Buch am Küchentisch saß, flehte er mich an: »Sepp! Mach uns keine Schand!« Mir traten Tränen in die Augen, ich schüttelte meinen Kopf, schaute mit verschwommenem Blick ins Buch hinein, immer wieder denselben Satz lesend.

Der Bruder Stefan schickte aus Würzburg eine Mail an die österreichische Botschaft in Tokio, erkundigte sich nach mir und war, da die Botschaft das Literatursymposion in Nagano mit organisiert hatte, an der richtigen Adresse. Auf dem Papier, das der Botschaftssekretär, der schon nach uns Ausschau gehalten hatte, auf der Straße in der Hand hielt, stand zu lesen, daß ich wegen eines Todesfalles in der Familie zu Hause anrufen solle. Ich konnte mir vorstellen, daß der Vater gestorben war, aber da sich der Bruder ungenau ausdrückte, war ich verunsichert. Vielleicht, dachte ich, ist die fast zwanzig Jahre jüngere, aber auch schon über achtzig Jahre alte, jahrzehntelang Psychopharmaka schluckende Mutter gestorben oder die ebenfalls jahrzehntelang Psychopharmaka schluckende Schwester Apollonia könnte sich das Leben genommen haben. Der Botschafter, der bereits vom Todesfall wußte und mich an der Türschwelle des Botschaftsgebäudes begrüßte, reichte mir ein Glas Cognac mit den Worten:

»Zur Beruhigung!«, aber ich war zu keinem Gespräch fähig, stellte mich abseits, durchwanderte, das Glas Cognac in der Hand, die großen, mit Biedermeiermöbeln ausgestatteten Räume, schaute auf die Bilder an den Wänden, ohne die Motive wahrzunehmen, trat ans eine, dann ans andere Fenster. Vor einer wandgroßen Glasscheibe stehend, schaute ich in den Garten hinaus, auf einen Teich, auf große, bedächtig schwimmende und ihre breiten Mäuler immer wieder öffnende, orangefarbene japanische Wakin-Fische, als ein weißer Reiher mit weit auseinandergebreiteten Flügeln am Rande des Teiches aufsetzte und mit seinem Schnabel ins Grünzeug hineinpickte. Der tote Vater hat sich also, dachte ich in diesem Augenblick des Schreckens, der Trauer, Sentimentalität, der Zufriedenheit und des Glücks, in der Gestalt eines weißen Reihers noch einmal bei mir blicken lassen, bevor er unter die Erde geschaufelt wird mit seinen langen dünnen roten Beinen, mit seinem erdig gewordenen spitzen, langen Schnabel, auf der Suche nach den Würmern seines zukünftigen Grabes in Roppongi. Am langen, weißgedeckten Mittagstisch im Salon der Botschaft starrte ich auf die unruhig sich im Kreis drehenden goldenen Fettaugen der Fritattensuppe, die der Vater, als wir Kinder waren, in einer der seltenen Stunden des Glücks, beim gemeinsamen Mittagessen »Spielleute« nannte, und auf die millimeterlangen, zwischen den Fettaugen schwimmenden, grünen Schnittlauchschnipsel. Ich nahm das silberne Eßbesteck in die Hand, rührte von den Fleisch- und Fischspeisen keinen Bissen an, legte Messer und Gabel wieder lautlos auf die weiße Stoffserviette, reichte dem Ober mein leeres Glas, stand vom Tisch auf, durchwanderte den Speisesaal, trat mit dem wieder aufgefüllten Glas Cognac an die wandgroße Glasscheibe und schaute auf die großen, dicken, orangefarbenen Wakins mit ihren aufgerissenen und vorgestülpten Mäulern, die immer wieder mit ihren Köpfen aus der Wasseroberfläche auftauchten. Der weiße Reiher war inzwischen verschwunden, und der Tod des Vaters kam wie gerufen, sein Fluch war in Erfüllung gegangen. – Wenn ich einmal nicht mehr bin, dann möchte ich nicht, daß du zu meinem Begräbnis kommst! – Nun war ich tatsächlich mehrere tausend Kilometer entfernt von seinem Sterbebett und von seinem Erdloch, das bereits ausgehoben war und in das sein Sarg mit Hanfstricken hinabgelassen werden würde.

Zwei Stunden nach dem Mittagessen in der österreichischen Botschaft in Tokio, in den frühen Morgenstunden mitteleuropäischer Zeit, rief ich meinen Bruder in Deutschland an, der, aus dem Bett springend, ahnte, daß nun ein Anruf aus Japan kommen könnte, den Telefonhörer abhob und mir mit schlichten Worten, »Da Vota is gstorbn!«, sein Ableben mitteilte. Beim Schrecken, den ich empfand, war ich erleichtert, denn nun wußte ich, daß nicht die Mutter oder gar die Schwester gestorben war. An seinem Todestag am frühen Morgen, erzählte der Bruder, sei der Hausarzt gekommen, der ihm Vitamininfusionen geben wollte und der, als ihn die Schwester mit ihrer Beobachtung »Es geht ihm heute schlecht!« vorgewarnt hatte, zuerst mit seinem Stethoskop sein Herz abhorchte, seinen Puls betastete und feststellte, daß er bereits im Koma lag und das Herz nur mehr ganz schwache Impulse von sich gab. »Ich kann für Ihren Vater nichts mehr tun«, sagte der Hausarzt zur Schwester, »er wird wohl heute noch *wandern*!« Die Schwester Apollonia rief sofort unseren Bruder Bruno Miklau, den Hoferben an, der vier Kilometer entfernt vom elterlichen Hof mit seiner Ehegattin Raudi Miklau, die sich für einen Rotkäppchenkorb voller geweihter Hostien, um sich hundertfach ihren Leib Christi mit Stoß- und Bußgebeten einverleiben zu können, in ein feuchtes und verschimmeltes Verlies werfen lassen würde, seinen Haupthof bewirtschaftet, und wiederholte die Worte des Arztes. »Wos hast dos, *wondern*?« fragte ihr Bruder Bruno. »Sterben wird er!« rief Apollonia ins Telefon vor den an der Wand hängenden eingerahmten, braunstichigen Fotos aus den Dreißigerjahren, auf denen der noch jugendliche Vater auf der neuen Mähmaschine saß, die von zwei Pferden gezogen wurde, und man deutlich an der linken, einen Lederzügel haltenden Hand den Stummel seines kleinen Fingers sah, den er als Dreijähriger bei Heuschneidearbeiten im Heustadel verloren, und vor einem Foto, das sein Bruder, der Onkel Franz, mit seiner Hasselblad gemacht hatte, der im Zweiten Weltkrieg bei der SS in Nürnberg war – Ich war nur am Schreibtisch, ich habe nichts getan, ich habe mir nichts zuschulden kommen lassen! – und der auch einmal meine Schwester Apollonia und meine beiden älteren Brüder, Hans und Bruno, als Kinder, die nie zuvor einen Fotoapparat gesehen, abgelichtet hatte mit den Worten, bevor er auf den Auslöseknopf drückte: »Paßts auf, Kinder, da kommt der Teufel heraus!« Seither existiert ein Foto, auf dem alle drei Kinder aus Angst vor dem Teufel bitterlich weinen, der mittlere mit geschlossenen Augen und weit geöffnetem Mund, der zukünftige Hoferbe mit weit geöffnetem Mund, aber offenen, vom Weinen ein wenig zusammengekniffenen Augenlidern und die Schwester Apollonia, die Älteste, eher winselnd als weinend, mit offenen Augen und mit ihren strähnigen, langen Haaren, ihren linken Handrücken an den Mund drückend.

Weniger als sechs Stunden nachdem am frühen Morgen der Arzt gekommen war und angekündigt hatte, daß der Vater wohl noch heute sterben werde, erblickte Apollonia, die in der Küche das Geschirr vom Mittagessen gesäubert, danach in die Bauernstube gegangen war, sich hingesetzt hatte und schließlich den Kopf zum Bett hindrehte, ohne es zu wissen, bereits seine sterbliche Hülle. Es fiel ihr vorerst nur auf, daß der Vater nicht mehr laut atmete und sein Mund offenstand. Beunruhigt erhob sie sich, trat an ihn heran, berührte seine Hände, zuckte zurück, drehte sich um, ging in die Küche zu der unter dem Familienbild aus den Sechzigerjahren, auf dem auch noch die Großeltern abgebildet waren, sitzenden Mutter, die sich mit weit aufgerissenen Augen schnell erhob, Küche und Flur durchquerte und in die Bauernstube eintrat, wo in sich zusammengesunken, die prankenartigen Hände mit den schlechtgeschnittenen Fingernägeln auf der Bettdecke, ihr nun toter Mann lag, der bald, nachdem er aus dem Krieg zurückgekommen war und man sich dann und wann gesehen hatte im Dorf, der Fünfundvierzigjährige und die Fünfundzwanzigjährige, mit einer Leiter, die er aus der Holzhütte genommen und an die Mauer ihres bäuerlichen Elternhauses zwischen einem Aprikosenbaum und einer Weintraubenranke angelehnt hatte, in ihr kleines Zimmer stieg, wo unter einem Heiligenbild meine Schwester Apollonia gezeugt wurde. (Das erzählte er dann und wann, grinsend, in Anwesenheit seiner verlegen lächelnden und den Kopf zur Seite drehenden Frau, wenn wir gemeinsam das Familienalbum durchblätterten, die

Hasselbladfotos seinen Bruders betrachteten und er die dazugehörigen Geschichten zum besten gab.) Apollonia griff wieder zum Telefonhörer und läutete den Hoferben an. »Der Vater ist *verstorben*!« Jakob Winkler vulgo Enz war tot. Sein Hoferbe, der schon eine Woche zuvor dafür gesorgt hatte, daß ein Priester gekommen war, der dem Vater die letzte Kommunion reichte und die Sterbesakramente erteilte, ließ die Mistgabel fallen, fuhr mit seiner Gattin, deren Vater, als sie noch eine Jugendliche war, sich im Stall aufgehängt hatte und deren Bruder, ein Pyromane, im Gefängnis an Rauchgasvergiftung gestorben war, in sein Elternhaus nach Kamering, das nun, nachdem fast vier Jahrzehnte seit dem Tod der Großmutter vergangen waren und tatsächlich fast ein halbes Jahrhundert lang kein Verstorbener mehr aus meinem bäuerlichen Eltern- und Geburtshaus getragen werden mußte, wieder zu einem Totenhaus geworden war. *Seele Christi, heilige mich! Leib Christi, erlöse mich! Blut Christi, tränke mich! Wasser der Seite Christi, wasche mich! Leiden Christi, stärke mich! O gütiger Jesu, erhöre mich! In deine Wunden verberge mich! Von dir laß nimmer scheiden mich. Vor dem bösen Feinde beschütze mich. In meiner Todesstunde rufe mich. Und laß zu dir dann kommen mich, daß ich mit deinen Heiligen lobe dich, in deinem Reiche ewiglich.* Das Ehepaar säuberte nun den Leichnam, kleidete ihn, unter dem eingerahmten Bildnis des übermächtigen Vaters, in dessen einzigen Anzug, den er noch hatte, banden ihm eine rote Krawatte um den Hals, steckten ihm die geerbten Schuhe seines schon mehr als zwanzig Jahre zuvor verstorbenen Bruders, des Onkels Hans, der in Klagenfurt am Neuen Platz, wenige Meter vom steinernen Lindwurm entfernt, mit seiner Frau die Konditorei Rabitsch besessen hatte, an die Füße und wickelten ihm einen Rosenkranz um seine zum Gebet geschlossenen, auf seiner Brust liegenden Hände. Keine Blumen wurden in seinen Sarg gelegt, keine Astern und keine Gladiolen, keine Vergißmeinnicht, auch kein Almrausch, kein Enzian. Mit einem Büschel Almrausch und Enzian war er oft von der Alm gekommen, überglücklich, weil er all seine Kälber, Stiere und Ochsen, die vom Sommer bis in den Herbst hinein auf der Alm lebten, gesund angetroffen hatte, keines bei den Almgewittern vom Blitz erschlagen worden, keines von einem Felsen gestürzt und mit gebrochenen Beinen verendet war oder erschossen werden mußte. Er brachte den Almrausch mit den rosaroten kleinen Blüten und die blauen Enziankelche, die er sich zwischen Hut und Krempe gesteckt hatte, immer als ein Geschenk von der Alm, das er auf den Küchentisch legte, drückte die Blumen aber niemals seiner Frau in die Hand. Der Almrausch mit den kleinen rosaroten Blüten wurde in eine Vase eingefrischt, die kleinen blauen Enziankelche wurden kreisrund in ein gläsernes Dessertschüsselchen gelegt und ebenfalls aufs breite Fensterbrett gestellt.

Der Vater hatte sich in den letzten zwanzig Jahren seines Lebens nichts mehr gegönnt, selbst die geerbten Hemden seines Bruders trug er auf, kein neues Paar Schuhe, kein neues Hemd, es sei denn, seine Frau legte ihm ein Hemd, eine lange Unterhose oder ein paar selbstgestrickte Wollsocken zu Weihnachten unter den Christbaum, nicht einmal einen neuen Hut, und der einzige, nicht zerschlissene Anzug, den er noch hatte, wurde schließlich dem steifen Körper über den Leib gezogen. Gekauft hatte er sich, fünf Jahre vor seinem Tod, als er die Mistgabel endgültig aus der Hand gelegt hatte, einen Steyrtraktor, ein Modell, mit dem er in den Fünfzigerjahren des vergangenen Jahrhunderts das erste Mal über die damals noch unasphaltierte Dorfstraße auf die Felder gefahren war als König auf einem Thron, mit einem auf der Höhe seines Kopfes schwarz rauchenden und stotternden Auspuff, mit großen schwarzen Gummirädern. Die Zugpferde, die schwarze, schon alte Onga und der braune Fuchs, solange sie noch lebten, verließen den Stall nur mehr, um von den Kindern am Zügel des Pferdegeschirrs – mein Handrücken berührte die weichen, schlotternd schnaubenden und stoßweise faulig feuchten Geruch ausblasenden Pferdenüstern – zum Brunnen, zur Tränke, geführt zu werden.

Am frühen Samstagabend, als dann die in Kärnten lebenden Geschwister mit ihren Familien betend um sein von brennenden Kerzen beleuchtetes Totenbett herumstanden, schließlich auch ein der Familie fremder, an diesem Wochenendtag diensthabender Arzt auftauchte, der den eingetretenen Tod feststellte, den unterschriebenen Totenschein auf den Tisch legte, dem Sterbezimmer wieder den Rücken kehrte, und der Pfarrer und die Leichenbestatterin Stimniker gekommen waren, wurde der Verstorbene eingesargt, der Deckel, auf den ein Kruzifix genagelt war, auf dem Sargunterteil zurechtgerückt, zugeschraubt mit den vier vergoldeten Sargschrauben, der Sarg schließlich vom Priester aus dem Haus gesegnet und von dem Bestattungsunternehmen nach Feistritz in die Leichenhalle gebracht, die über die behördlich verordneten hygienischen Voraussetzungen, Toilette und Waschbecken, verfügte. Mit den geerbten Schuhen seines Bruders, unseres Onkels Hans, dem braunen Kärntneranzug, der roten Krawatte, weißem Hemd, die von einem Rosenkranz umwickelten Händen zum christlichen Gebet gefaltet und, wie es hieß, wohlversehen mit den heiligen Sterbesakramenten, lag er in der Feistritzer Leichenhalle, umgeben von Blumenkränzen, im Sarg. In den beiden Nächten der Aufbahrung seiner sterblichen Hülle wurde, seinem Wunsch entsprechend, damit seinen Leichnam niemand fortschleppen oder gar in die Drau werfen konnte, die Aufbahrungshalle zugesperrt. Den Schlüssel der Aufbahrungshalle legte sich in den beiden Nächten der Hoferbe unter das Kopfpolster.

Die Schwägerin meines Vaters, die dicke Tant Mitze, Konditormeisterin und Besitzerin der Konditorei Rabitsch am Neuen Platz in Klagenfurt, starb nahezu vier Jahrzehnte vor meinem Vater, zwei Tage vor dem Heiligen Abend, wenige Tage nachdem sie uns die vielfältigsten Süßigkeiten für den Christbaum – Schokolademond, Schokoladerauchfangkehrer, in Goldpapier eingepackte Hufeisen, grüne Vierklee, mit Nußcreme gefüllte Schokoladtannenzapfen, Schokoladescheren und Schokolademesserchen – auf den Bauernhof geschickt hatte, die Tant Mitze, die Jahre zuvor, an einem Sommertag, als der Großvater noch lebte, mit ihrem Mann, dem Onkel Hans, uns Kinder in einer Kühlhaltebox das erste Speiseeis unseres Lebens gebracht und die wiederum, bei anderer Gelegenheit, in einem Geschenkpaket die orangefarbenen, schmalen, länglichen Dosen von Zanulli geschickt hatte, in denen Himbeerbonbons aneinanderpickten, die zwischen den Zähnen der Kinder wie aufeinanderfallende Eiswürfel klirrten, Dosen, in die später, als die Süßigkeiten vernascht waren, die Mutter verschiedenfarbige Stopfwolle hineinsteckte und hineindrückte. Aus den überraschend im Laufe des Jahres auftauchenden Geschenkpaketen des Konditorehepaares aus Klagenfurt lernten wir auch die schmalen, kleinen, scharfkantigen Fischdosen kennen mit den salzigen, in Olivenöl eingelegten roten Sardellen, die wir, kaum in den Mund genommen, vor der Tür ausspuckten. Nur wenige Jahre vor dem überraschenden Tod der Tant Mitze besuchten wir Drautaler Dorfvolksschüler zum ersten Mal die Landeshauptstadt Klagenfurt. Wir waren vielleicht elf Jahre alt, ich bleich und schmal, mit tiefen Ringen unter den Augen, trug einen Lodenanzug, geschneidert vom kleinen, buckligen Paternioner Dorfschneider Laber. Am Hauptbahnhof in Klagenfurt stiegen wir aus dem Omnibus und sollten, die Bahnhofstraße hinauf, in die Stadtmitte, zuerst einmal auf den Neuen Platz, zum Wahrzeichen der Stadt Klagenfurt, zum Lindwurm, gehen. Als wir auf der Höhe des Geburtshauses von Robert Musil angekommen waren, grüßten wir jeden an uns vorbeigehenden Menschen. Zu jeder auf uns zukommenden Frau und zu jedem Mann sagten wir: Grüß Gott! Immer wieder, Schritt auf Tritt, wenn wir Menschen begegneten, sagten wir: Grüß Gott! Die einen freuten sich über die höflichen Kinder, andere wiederum waren verblüfft, manche fühlten sich gehänselt und gingen schnell, hochnäsig auf die Bauernkinder herabschauend, an uns vorbei, aber die Mehrzahl erwiderte unseren Gruß, bis uns der Lehrer Emanuel Wenger zu verstehen gab, daß wir die Leute in der Stadt nicht grüßen müßten. Ich war erschrocken, denn das erste Mal in meinem Leben sollte ich grußlos an Menschen vorbeigehen, denn ich grüßte im Dorf doch auch die dann und wann auftauchenden Sommerfrischler aus Deutschland, die ich nicht kannte und die ein so schönes Deutsch sprachen, daß ich mich mehr und mehr für meinen Kärntner Dialekt zu schämen begann. Mit hochrotem Kopf, denn mein katholisches Gewissen war – wie immer – ein schlechtes, ging ich, in Begleitung meiner Mitschüler und unseres Lehrers, die Bahnhofstraße hinauf, schaute alle auf uns zukommenden Leute an, um an ihren Gesichtszügen meine Enttäuschung abzulesen. Am Neuen Platz angekommen, nachdem wir mehrmals um den steinernen Lindwurm herumgegangen waren, führte ich stolz meine Mitschüler in die wenige Meter entfernt gelegene Konditorei Rabitsch, zur Tant Mitze und zum Onkel Hans, die jedem meiner Mitschüler eine hausgebackene Schaumrolle gaben. Mit dem weißen Schaum auf den Lippen gingen wir wieder am Lindwurm vorbei, auf den Alten Platz zu und schauten zur goldenen, an der Spitze der Pestsäule angebrachten Sichel hinauf.

Nach dem Tod der Tant Mitze, nachdem sie, zum Entsetzen der Melange trinkenden Gäste, heftig schnaufend, die Hände auf die Brust gelegt, den Kopf erhoben, röchelnd und nach Atem ringend, hinter der Konditoreitheke umgefallen und auf der Stelle tot gewesen war, verfiel ihr Mann, der Onkel Hans, der nicht einmal zum Begräbnis auf den Annabichler Friedhof gehen konnte, weil er schwer betrunken war, vollkommen dem Alkohol. Er ließ sich im Schlafanzug mit einer Weinflasche auf dem Neuen Platz blicken und beschimpfte den tausende Kilo schweren steinernen Lindwurm. Einmal soll er dem Lindwurm eine Doppelliterflasche Rotwein an den Schädel geworfen und sich dabei an den wegspritzenden Scherben im Gesicht verletzt haben, so daß ihm im Klagenfurter Unfallkrankenhaus die Wunden genäht werden mußten. Lange blieben im großen, weit aufgerissenen Maul des Lindwurms die Glasscherben liegen, ehe sie herausgeräumt wurden. Er starb vereinsamt, am Neuen Platz Nummer zehn in Klagenfurt, im ersten Stock, unmittelbar über der Konditorei, die er nach dem überraschenden Tod seiner Frau verpachtet hatte. Mitbewohner des Hauses stellten Verwesungsgeruch fest, Feuerwehr und Polizei öffneten seine Wohnungstür. Im Schlafanzug lag er, unrasiert und mit offenem Mund und weit aufgerissenen Augen, in seinem Bett, auf dem Boden die umgekippte Weißweinflasche. Da das Ehepaar keine Kinder hatte und mein Vater den bescheidenen Nachlaß erbte – auch eine Anzahl Schuhe, von denen ein Paar, Jahrzehnte später, zu seinen eigenen Totenschuhen werden sollte –, fiel des Onkels einziges Schmuckstück, das er noch in seiner muffig verschimmelten Wohnung hatte, der Schreibtisch, ein Sekretär aus den Dreißigerjahren, mir zu. Der Vater brachte den Schreibtisch mit Traktor und Anhänger von Klagenfurt ins sechzig Kilometer weit entfernte Dorf Kamering. Inzwischen steht dieser Schreibtisch wieder in Klagenfurt, geschmückt mit einer Karawane handbemalener indischer Holzelefanten, die ich Jahr für Jahr aus Varanasi mitgebracht habe, in meinem Schreibzimmer, unweit vom Neuen Platz und unweit der Stadtpfarrkirche, an der ich selten vorübergehe, ohne hochzublicken auf den Rundgang unter der Kirchturmspitze, von wo sich vor einigen Jahren zwei Studentinnen, Hand in Hand, in die Tiefe stürzten und tot auf dem Asphalt aufklatschten. Es ist die einzige Kirche in Klagenfurt, die ich, im Vorbeigehen auf den legendären Turm hinaufschauend – die beiden müde gewordenen Selbstmörderengel sehe ich auf der Stromleitung sitzen –, immer wieder betrete, um am Grab von Julien Green zu stehen, wo ich, eine Kerze anzündend, oftmals daran denke, daß damals, als Julien noch ein Kind war, seine eiskalte katholische Mutter, mit einem Kerzenleuchter in der Hand, die Decke von seinem Kinderbett wegriß, um zu sehen, was er denn so machte, und später, als Julien zu einem Jugendlichen herangewachsen war, die Bettdecke wiederum wegriß, ein gezücktes Messer in der Hand, mit den Worten: »Wenn du das noch einmal machst …!« Ihm, dem inzwischen Toten, der nicht einbalsamiert worden ist, bringe ich dann und wann ein Glas Löwenzahnhonig vorbei, das ich über seinem Grab hinter das traurige Bildnis der Schmerzensmutter stelle, das er so verehrt haben soll. Danach rufe ich den Monsignore Mairitsch an und sage zu ihm, daß er sich wieder ein Glas Löwenzahnhonig abholen könne am vereinbarten Ort. Und die beiden Selbstmörderengel, weit über dem Honigglasdeckel mit dem gelben Wabenmuster und über der Gruft von Julien Green, haben wieder abgehoben von den leicht wippenden Starkstromleitungen und fliegen ihm entgegen, der nun mehr und mehr verschwindet und sich auflöst in seinem Zinnsarg, wo er ihnen, da er nun wohl bald ganz fort sein wird, Platz gemacht hat, und nisten sich mit ihren langen weißen Flügeln in seinem Sarg ein, der eine weibliche Selbstmörderengel mit dem Gesicht am Kopfende des Schreins, der andere, ein wenig zusammengequetscht, mit dem Gesicht am engen Fußende des Sarges von Julien Green in der Stadtpfarrkirche, in Klagenfurt, wo sie sich ausruhen können und sich so lange nicht rühren, bis wieder die Tage des Löwenzahnhonigs kommen.

Noch bevor ich meinen Bruder Stefan in Würzburg anrief – ich wartete in Tokio noch zwei Stunden, denn nach mitteleuropäischer Zeit war es erst vier Uhr morgens, und zu dieser Zeit wußte ich noch nicht, daß tatsächlich der Vater und nicht ein anderes Familienmitglied gestorben war –, rief ein übereifriger, aus Kärnten stammender, in Tokio Deutsch unterrichtender Lehrer, der ebenfalls am Mittagessen in der österreichischen Botschaft teilgenommen und der uns mit seinem Auto von Tokio nach Nagano gebracht hatte, ohne mich zu fragen den Direktor der Austrian Airlines in Tokio an und erkundigte sich nach einem schnellen Rückflug, um mir, mit Tränen in den Augen, immer wieder ins Gewissen zu reden: »Das ist doch Ihr Vater, ich würde zurückfliegen zum Begräbnis!«, während mich andererseits eine Wiener Organisatorin des Literatursymposions, in dem viel vom Ackermann aus Kärnten die Rede gewesen war, an meine vollmundigen Worte in Nagano erinnerte: »Wenn er heute stirbt, ich fliege nicht zu seinem Begräbnis zurück!« Tatsächlich wurde ich aus dem Gewissenskonflikt erlöst, als die Nachricht kam, daß das Flugzeug der Austrian Airlines bereits vor ein paar Stunden nach Wien abgeflogen sei. Wir hätten augenblicklich den Mittagstisch in der österreichischen Botschaft verlassen, unsere Koffer packen, mit der Air France über Paris nach Wien und schließlich weiter nach Klagenfurt fliegen können und wären in Klagenfurt, wenn es bei den drei Flügen zu keinen Verzögerungen gekommen wäre, zwei Stunden vor dem tatsächlichen Begräbnis am Annabichler Flughafen angekommen, aber nach dieser Information gab auch der zuvorkommende und hilfsbereite Deutschlehrer auf: »Es ist zu spät! Sie würden wohl nicht mehr rechtzeitig zum Begräbnis kommen!« Ich war also erleichtert und erlöst, ich mußte mich nicht mehr damit beschäftigen, ob wir zurückfliegen oder in Tokio bleiben sollten. Mein Gewissen hatte es zwar hin- und hergerissen, aber dennoch spürte ich, als ich wieder alleine war, mich im Salon der Botschaft vor die Glaswand stellte, auf den Teich mit den nach Luft schnappenden, großen, orangenfarbenen Goldfischen hinausschaute in der Hoffnung, daß der weiße Reiher wiederkommen würde, daß ich, auch wenn das Begräbnis einen Tag später stattgefunden hätte, in Roppongi geblieben wäre, denn einerseits hatte er über ein Jahr lang seine Worte: »Wenn ich einmal nicht mehr bin, dann möchte ich nicht, daß du zu meinem Begräbnis kommst!« nicht widerrufen, auch wenn er mich, wenn ich ihn ein paar Monate nach diesen Worten im Elternhaus wieder besuchte, nicht mehr auf seinen Fluch angesprochen oder ihn gar wiederholt hatte, andererseits war ich froh, die Heuchler und Beileidsmenschen des Dorfes Kamering, von denen nicht wenige lieber mich als den Hundertjährigen in der Grube verscharrt hätten, nicht sehen, ihnen in der Kirche vor dem mit Blumen bedeckten Sarg nicht die Hand hinstrecken, ihre bleischweren Worte: »Beileid!« von ihren aufgesprungenen Lippen nicht hören und die karwochenvioletten Krokodilstränen in ihren Augenwinkeln nicht sehen zu müssen. Auch die alternden, in braunen Kärntneranzügen steckenden Kameringer Sängerknaben mit ihren jedes Leichenbegängnis noch fürchterlicher, schauerlicher, bedrückender und beängstigender machenden Totenliedern nicht »Trog mi ause übern Onga ...« singen zu hören, was nichts anderes heißen soll, als den im Sarg liegenden Toten noch einmal, bevor er begraben wird, mit den Gebeten des Vaterunsers und des Gegrüßtseistdumaria über seine Äcker, Wiesen und Felder hinauszutragen, die er bewirtschaftet hat über acht Jahrzehnte, den Sarg mit seinem aus abgestorbenem Fleisch und Blut bestehenden bäuerlichen Fronleichnam an jeder Wegkreuzung abzusetzen und im Zeichen des Kreuzes wieder aufzuheben, um ihn schließlich an den rostigen Stacheldrahtzäunen, an denen noch die Haarbüschel seiner Kühe und Kälber hängen, entlang über den Weiherbichl hinauf auf den Friedhof oder durch den Wald zu tragen, in dem zwischen den unzähligen Fichtenbäumen jede einzelne Tanne weihnachtlich geschmückt ist mit Engelshaar, Lametta und Sternspritzern. »Onga«, also Feld, nannte der Vater auch sein großes schwarzes Zugpferd, das, altgeworden auf seinem Hof, eines Tages mit hocherhobenen Beinen, offenem Maul und heraushängender Zunge tot in einem Glitsch des Pferdestalls lag. Ich erinnere mich noch, gesehen zu haben, daß unsere taubstumme Magd Pine, auf dem feuchten Stroh des Stallbodens kniend, weinend das tote Pferd, das sie nahezu zwei Jahrzehnte auf den Feldern bei Heuarbeiten begleitet, am Kopf gestreichelt hat mit ihren verkrüppelten Fingern.

Ich war froh, in Roppongi geblieben zu sein, um nicht die Countertenorstimme von Schöndarm Pelé – mein verstorbener Vater war sein leibhaftiger Onkel – hören zu müssen, der sich auf seinen Reisen nicht nur von seiner katholischen, in jedem Wallfahrtsort im Inland und im Ausland bei einem heiligen Sakrament geweihte Hostien sich einverleibenden Ehegattin Emma Schöndarm, sondern in seinem Koffer auch von einem dicken, linierten Schulheft begleiten läßt, in das er mit Uhuhart Fotos von nackten weiblichen Unterkörpern, ohne Oberkörper, ohne Kopf, eingeklebt hat, und der, wenn er beim Ausschneiden der Frauenunterkörper aus seinen Pornoheften einen Asthmaanfall bekommt und, sich an den Hals fassend, die Schere, das zerfledderte Sexheft und den herausgeschnittenen Frauenunterkörper mit den geöffneten rosaroten Schamlippen fallen läßt, sich am Ohrensessel festhalten muß mit hervorquellenden Augäpfeln und hustend den aus seinem Mund herausflockenden Asthmaschaum mit langen Speichelfäden auf die am Boden liegenden behaarten und unbehaarten Frauenunterkörper fallen läßt. Schöndarm Pelé, mit dem ich einst, als wir Kinder waren, am Rande des Dorfes Kamering in den Sumpf des Manigauenwaldes ging, wo wir, von Graswase zu Graswase turnend, büschelweise Schneeglöckchen abrupften, den steilen Hügel zwischen rostigem Blech und zerbrochenen Gläsern und Glasscherben hinaufstampften und, mit den Frühlingsblumen winkend, den dicken Buschen Schneeglöckchen den vorbeifahrenden Autos mit deutschem Kennzeichen für ein paar Schillinge anboten.

Ich war froh, in Roppongi geblieben zu sein, um die Countertenorstimme vom schnauzbärtigen Bauern Frido Lemmerhofer mit der aufgenähten Unterlippe nicht hören zu müssen, der bei jedem Leichenbegängnis besonders laut, tragisch und eindringlich »Trog mi ause übern Onga« singt und der einst von seiner strengen katholischen Gattin und Lebensgefährtin Sonja Lemmerhofer, als er wieder einmal bis zum Tagesanbruch im verrauchten Bauerngasthaus am Ufer der Drau beim Watten und Schnapsen über die Stränge geschlagen und seinen Kopf zu tief in die Villacher Bierglocke eingetaucht hatte, aus der vernebelten Bude geholt wurde, indem sie ihn, an den

Ahnungslosen von hinten herantretend, an den Haaren zurückgerissen, ins Auto bugsiert und auf seinen elterlichen Bauernhof, wo die Knechte jahrzehntelang in der Küche nicht am Familientisch, sondern am Gesindetisch sitzen mußten, gebracht und ins Schweineglitsch geworfen hatte, wo in den restlichen Morgenstunden seiner Ohnmacht die Schweine grunzend und schmatzend seine Hoden abfraßen, ihn halb entmannten. Zum neuerlichen Leidwesen seiner Gattin mußten mehrere Zuchtstiere geopfert werden, um die zahllosen Rechnungen bei einem Liechtensteiner Urologen bezahlen zu können. Um sich an der stolzen, katholischen Bauerntochter Sonja rächen zu können, gab Frido Lemmerhofer den halben Bauernhof auf, verabschiedete sich von all seinen Kühen, Kälbern, Stieren und Ochsen und verlegte sich ausschließlich auf die das halbe Dorf verpestende Schweinezucht und auf den Erdäpfelanbau. Der von seinem vor nahezu zwei Jahrzehnten verstorbenen Vater mit Bauernstolz und Bauernwürde prachtvoll aufgebaute Stall, in dem man einst, als wir noch Kinder waren, Radio hören konnte bei der Stallarbeit, die Weltnachrichten zur vollen Stunde, die Beatles und die Rolling Stones und das In the Ghetto von Elvis Presley, weshalb wir lieber auf seinem elterlichen Hof als auf dem eigenen arbeiteten, das aufgeschnittene, mit schwarzer, aus einem großen Kanister herausrinnender Melasse begossene Heu im Heustadel festtraten, wofür wir ein Honigbrot mit der dicken dunkelbraunen Rinde aus der eigenen Bauernbrotbäckerei bekamen, mit Honig aus der eigenen Bienenzucht, dieser Stall, der einst einer der schönsten im Kärntner Drautal war, wurde von seinem ältesten Sohn und Hoferben Frido Lemmerhofer aufgegeben, nur mehr ein riesiges, gespenstisch leeres Stallgewölbe mit Abertausenden Spinnweben und angetrockneten Kotpatzen von seinen Kühen, Kälbern und Stieren blieb vom Lebenswerk seines Vaters. Inzwischen aber, da er nur mehr seine Schweine zu füttern und mehr Zeit für die Pflege seines eigenen Leibes hat, sitzt er wieder Abend für Abend, an den Smart Export paffend, im Bauerngasthaus an der Drau mit den nagelneu aufgenähten Hoden eines Toten zwischen seinen Oberschenkeln beim Watten und Schnapsen. Abermals und immer wieder, langsam, aber sicher taucht er seinen Kopf in die Villacher Bierglocke ein, bis er zugeschüttet ist und die empörte Sonja peitschenknallend – Rindslederpeitsche mit der Haut seines allerletzten hofeigenen Stiers – vor der Tür des Gasthauses, wenige Meter vom Ufer der Drau entfernt, auf ihren alternden, ungepflegten und verwahrlosten, mehr als sechzig Jahre alten Beelzebub mit der aufgenähten Unterlippe bei ihrem grünen Jeep wartet, der noch voller eingetrockneter Blutschleifspuren des letzten Jagdereignisses ist, als ihm im tiefen Fichtenwald ein Achtender in die Quere kam, bevor sie, mit der er einst in der prachtvoll mit weißen Lilien geschmückten Kameringer Kirche in gutem katholischen Glauben das heilige Sakrament der Ehe geschlossen hatte, mit ihren nägelbeschlagenen Damenstiefeln die Gasthaustür aufstößt, in der verrauchten Bude auf ihren schnauzbärtigen, vom Villacher Bier plitschnassen Biber zutritt, der noch das letzte Pik As seinen Mitspielern und Saufbrüdern auf den Tisch knallt und ihm die Rindslederpeitsche unter die Nase hält mit den Worten: »Schau sie dir an, schau sie dir genau an!«, woraufhin er das Stamperl Schnaps ausleert und ohne ein Wort zu sagen, lieber freiwillig als unfreiwillig, mit seiner Lebensgefährtin das Bauerngasthaus verläßt.

Aber einmal, und daran erinnere ich mich nicht selten in Dankbarkeit, rettete mich, als ich siebzehn Jahre alt war, einen Abend lang der damalige Jungbauer Frido Lemmerhofer aus seelischer Not, als nämlich der österreichische Formeleinsfahrer Jochen Rindt bei einem Training in Monza tödlich verunglückte. Zwei Jahre zuvor schon war der von allen Dorfjugendlichen und Führerscheinanwärtern verehrte Jim Clark bei einem Unfall am Hokkenheimring in Baden-Württemberg gestorben. Er fand den Tod, den viele Jugendliche und Rennfahrerverehrer in Kärnten finden: Bei einem Rennen kam er von der ungesicherten Piste ab und fuhr gegen einen Baum. Der Lotus 72 von Jochen Rindt kam, nachdem er einen anderen Rennfahrer in voller Geschwindigkeit überholt hatte, ins Schleudern, prallte in die Leitplanken und streifte noch mehrmals die Begrenzung, ehe er zum Stillstand kam. Der Lotus war auseinandergebrochen, und Jochen Rindts Beine lagen im Freien. Er starb noch im Rettungswagen an zerrissener Luftröhre, eingedrücktem Brustkorb und an seinen zerquetschten Organen. Nachdem ich diesen Unfall im Fernsehen gesehen hatte, lief ich aufgeregt die Dorfstraße hinunter, stieß auf den damaligen Jungbauern Frido Lemmerhofer und rief: »Der Jochen Rindt ist verunglückt! Jetzt ist es aus! Jetzt ist alles aus!« – »Aber Sepp«, antwortete Frido, zwischen Haus und Stall stehend, »jetzt hör aber auf, gar nichts ist aus! Was soll denn aus sein?«

Ich war froh, in Roppongi geblieben zu sein, denn ich wollte auch meinen Bruder Bruno Miklau nicht sehen, an den ich mich aus meiner Kindheit kaum erinnern kann, obwohl wir mit unseren anderen Geschwistern gemeinsam nahezu zwei Jahrzehnte im elterlichen Bauernhaus verbrachten und fast ebenso lange im selben Schlafzimmer übernachteten. In Erinnerung blieb mir, daß er, der Ältere, ich war vielleicht achtzehn, im engen Flur des Bauernhauses, nachdem ich ihn, Cassius Clay vor Augen, zu einem Boxkampf herausgefordert hatte, mir mitten gegen die Brust, auf mein Herz boxte, so daß ich, schwer atmend und nach Luft ringend, gebückt mit hervorquellenden Augen zur Hintertür hinaus in den Hof ging. Ein Jahr später fuhren wir gemeinsam, nachdem der Vater seinem Bruder, dem Onkel Franz, der in Nürnberg bei der SS war und uns Kindern, solange die Großeltern lebten, immer die Suchard-Schokolade mitgebracht, das englische Auto mit dem nachträglich eingebauten Dachfenster abgekauft hatte, nach Spittal zu den Stadtlichtspielen und schauten uns den Andy-Warhol-Film »Flesh« an, in dem, zu unserem Schrecken, der versoffene und drogensüchtige Hauptdarsteller Joe Dalessandro einer Frau einen Bierflaschenhals in die Scheide steckte. Stumm nebeneinandersitzend, ohne ein einziges Wort zu sprechen, fuhren wir nach dem Kino mit dem englischen Auto des Onkels von Spittal nach Kamering zum elterlichen Bauernhof zurück. Später wollte ich Bruno dazu überreden, mit mir den Film »Stille Tage in Clichy« anzuschauen, aber er fuhr inzwischen mit einer Folkloredirndlkleider tragenden Bauern- und Gastwirtstochter vom einen Kirchtag zum nächsten, polterte im braunen Kärntneranzug mit ihr auf den bäuerlichen Tanzböden und hängte ihr wöchentlich, immer an einem anderen Ort, ein großes braunes Lebkuchenherz um den Hals, auf dem stand: »Ich liebe dich!« und »Ich werde dich nie vergessen!« Schließlich saß ich, nachdem ich mit dem Omnibus das

Dorf verlassen hatte, ohne den leiblichen Bruder im Villacher Stadtkino und schaute mir die Geschichte von Carl und Joey an, dessen Titelsong von Country Joe McDonald mir nie mehr aus den Ohren gegangen ist. »*Oh! Stille Tage in Clichy! Oh! Stille Tage in Clichy! Kommt her Leute und hört mir zu, ich erzähl euch die Geschichte von Carl und Joey. Von den Mädchen, die sie fickten, und den Weibern, die sie aufs Kreuz legten. Oh! Stille Tage in Clichy! Oh! Stille Tage in Clichy! Regt euch nicht auf, habt bitte Geduld, legt einfach die Hand auf das Knie eurer Liebsten. Und wenn es sich während des Films so ergibt, dann schiebt doch die Hand in ihr Höschen hinein. Oh! Stille Tage in Clichy! Oh! Stille Tage in Clichy!*«

Ich war froh, in Roppongi geblieben zu sein, weil ich beim Begräbnis meines Vaters die Gattin des Bruders, die Raudi Miklau, als trauernden, in schwarze Überkleider und in rotpunktierte Rotkäppchenunterwäsche eingehüllten Buntspecht mit dem aufblondierten, lockigen Haar, ihren tiefen schwarzen Ringen unter den Augen und Falschgoldflitter an den Augenlidern nicht sehen mußte, deren Vater, ein Gasthausgeher und Maulheld, sich im Kuhstall erhängt hatte, nachdem sich alle versoffenen Dorfkumpels, die er verhöhnt und denunziert, von ihm verabschiedet und den Helden mit dem zerrissenen Maul alleingelassen hatten, ihm aus dem Weg gegangen waren, mit einem noch feuchten, schleimigen Hanfstrick, mit dem er in der Nacht zuvor zwei Brust an Brust zusammengewachsene Kälber auf die Welt gezogen hatte, die er erschießen und begraben mußte, und deren Bruder in der Gefängniszelle bei seinen pyromanischen Zündeleien, nachdem er im Drautal mehrere Gebäude in Schutt und Asche gelegt hatte und dabei im richtigen Augenblick als uniformierter Bilderbuchfeuerwehrmann mit seinem Löschwerkzeug aufgetaucht war, im Qualm der giftigen Rauchgase erstickt ist. Als mein Vater, nachdem er mehrere Tage lang nichts gegessen hatte, immer wieder erbrechen mußte, im Krankenhaus in Spittal an der Drau lag und auf Herz und Nieren geprüft wurde, nützte Raudi in ihrer katholischen und patriarchalen Autoritätsgläubigkeit die Abwesenheit ihres Schwiegervaters aus, tauchte bei strömendem Regen in meinem elterlichen Bauernhaus auf, riß die Küchentür auf und stieß, während das Regenwasser auf die gepolsterte Sitzbank rann, mit hocherhobenem Zeigefinger, dabei immer wieder drohend und machtbewußt auf meine kranke Schwester Apollonia schauend, aus ihrem lippenstiftroten Zahnlückengewölbe hervor: »Du wirst nichts mehr über meinen Vater und über meinen Bruder schreiben!« Der Selbstmord ihres Vaters und ihres Bruders würde gesühnt, wenn sich auch ihre kranke, verhaßte Schwägerin, die sie bei jeder Gelegenheit mit Worten zu quälen versucht, meine Schwester Apollonia, die gemeinsam mit ihrer Mutter jahrzehntelang den Vater versorgt hatte, endlich das Leben nehmen, in die Drau gehen oder sich mit Tabletten zu Tode vergiften würde. Bei ihrer ersten gemeinsamen, groß angekündigten Weltreise nach Dubai überschüttete sie ihren Gatten Bruno Miklau, den Hoferben, mit Falschgold: »Ich hab's gern, wenn mein Mann etwas Glitzerndes an den Händen trägt!« schwadronierte sie stolz im Dorf, von Haus zu Haus gehend. Auch Raudis zweitbeste Freundin, die Leichenbestatterin Stimniker mit den überlangen roten über die Kuppen hinausgewachsenen Fingernägeln, soll einmal bei Kuchen und Kaffee in der Feistritzer Dorfkonditorei, als der Holzkuckuck lauthals seinen Kopf als anrüchiges Dorfvögelchen aus der Kuckucksuhr reckte und alle Tortenesser ihre Köpfe zum Kuckucksuhrwinkel verdrehten, gedroht haben: »Wenn er noch einmal über uns etwas schreibt, dann zeig ich ihn an!« Bei jedem Leichenbegängnis gibt Raudi Miklau der Leichenbestatterin Stimniker mit den Spiralenfingernägeln und den beiden langen, über die Unterlippe stehenden Oberkiefermittelzähnen, denen sie auch noch eine goldene Krone aufsetzen ließ, der ehrwürdigen und zackigen Ausstatterin des dörflichen Todes, Leichenbestatterin, Einkleidefrau und Modeschöpferin der Toten und der verstorbenen, zu gelbblauen Barbiepüppchen aufgemotzten Kinder in blütenweißen Särgen mit Engelsflügeln an den vier Enden die freundschaftliche Ehre und taucht durch den anonymen Postwurf des Partezettels als geschminkter und parfümierter Trauergast mit tiefschwarzen Ringen unter den Augen bei jedem dörflichen Leichenbegängnis auf, unsere von allen geliebte, verehrte, großzügige, stets hilfsbereite, vermaledeite, ständig nach einer Mischung aus billigem Parfum und Schweinestall riechende Raudi, einmal mit einem Buschen Märzenbecher, einmal mit violetten Trauernarzissen, dann mit einem Strauß violettgelber Stiefmütterchen oder mit besonders ausgesuchten, blutstropfenroten, langstieligen Gladiolen, die sie gerne, das aufgenagelte Kruzifix an den entblößten Achseln mit den eingenähten echten Menschenhaaren des Verstorbenen kitzelnd, auf die ehrwürdige Totenbahre legt. (Während der Niederschrift erfahre ich, daß inzwischen die Leichenbestatterin Stimniker im Alter von sechzig Jahren gestorben ist und daß nun, in der dritten Generation, ihre Tochter das Bestattungsunternehmen unter demselben

Namen weiterführt. Bestattet wurde die Leichenbestatterin Stimniker, die bereits ihren Vater bestattet hatte, von ihrer eigenen Tochter.) »Außerdem schreibt er sowieso lei immer über die Toaten!« sagte die Vorzeigekatholikin Raudi einmal in ihrem brillanten Kärntner Dialekt über mich, also über die Toten schreibt er und über die Leichen und über die Gstorbenen und über die Erhängten und Selbstmörder, über die Massakrierten und über die Hinnigen sowieso und nur nicht über die Lebenden, nur über Zügenläuten und Leichenzüge schreibt er.

Eines Abends, mehr als ein Jahr vor dem Tod meines Vaters, erschien Raudi Miklau, geschmückt mit einem goldenen Dubainasenring, mit ihrem Ehegatten Bruno, der ebenfalls zwei goldene Dubairinge an seinen beiden Daumen und an den beiden kleinen Fingern zwei Glitzerringe stecken hatte und dem, abgeschnitten von einer Molkereimaschine, zwei Mittelfinger seiner rechten Hand fehlen, in meinem Elternhaus und gab, da sie Angst hatte, daß sie und ihr Gatte, Erben meines elterlichen Bauernhofes, wenn es soweit ist, einmal das Begräbnis des Vaters würden zahlen müssen, dem hinter dem Tisch unter dem Herrgottswinkel sitzenden achtundneunzigjährigen Vater zu verstehen, daß ihre vor ein paar Jahren verstorbene Mutter, Witwe des an einem Kalbstrick, an dem der Geburtsschleim der Kälberzwillinge noch nicht eingetrocknet war, erhängten Mannes, das Geld für ihr Begräbnis hergerichtet, auf die Seite gelegt, daß ihre großzügige, in göttlicher Seligkeit verblichene Mutter also, um ihre Worte zu gebrauchen, *Ordnung gemacht* habe. Als mir bei einem meiner Besuche im Elternhaus der unter dem Herrgottswinkel sitzende Vater die Geschichte von der Ordnung erzählte, rief er empört mit weit aufgerissenen Augen und erhobener Zeigefingerkralle: »Am liebsten hätte ich die Raudi durchs zugemachte Fenster in den Garten hinausgeschmissen! Durch die Scheiben!« Jawohl, zur Petersilie und zum Maggikraut! ergänzte ich. Wenige Tage nach der Übergabe des Hofes, nachdem der Hoferbe Bruno Miklau, der an seinem Hals einen großen Kropf trägt, der vollgefüllt ist mit geweihten Hostien, den Leibern Christi, die er nicht verderben lassen will in Magen und Darm, sowie Vater und Mutter die Unterschriften unter dem Übergabevertrag beim Notar geleistet hatten, ließ er von einem Verwandten seiner Ehegattin Raudi, einem Elektriker, Heustadel und Stall neu elektrifizieren. Der Schwarzarbeiter hatte es tatsächlich zustande gebracht, so berichtete mir wiederum der Vater, unter dem Herrgottswinkel sitzend, den gesamten Stall unter Strom zu setzen, so daß die angeketteten Kälber, Kühe und Stiere, brüllend nach links und rechts springend, mit den Ketten rasselten und der Vater, der diese Geräusche wahrnahm, zur Hintertür hinaus in den Hof lief, sofort erkannte, daß der Stall unter Strom stand und den an der Stallaußenmauer angebrachten Hauptschalter abdrehte. Wäre ich zu Hause gewesen und hätte von meinem dem Stall zugewandten Schreibzimmer aus die brüllenden Kühe und Kälber und das Kettengerassel gehört, wäre ich, um Nachschau zu halten, nichtsahnend in den unter Strom stehenden Stall hinausgegangen, in eine Wasserlache getreten und wäre sofort tot gewesen, denn ich bin immer der erste Tote. In ihrer zweiten glorreichen Aktion, wenige Tage nach der notariell beglaubigten Übergabe des Hofes, stieß das katholische Pärchen, unmittelbar nach einem Gottesdienst mit noch unverdautem Leib Christi in ihrem Magen, mit einem

Besenstiel ein Schwalbennest unter der Dachrinne vom Hausbalkon. Zwei, drei Tage lang flatterte eine Schwalbenmutter immer wieder, schreiend und jammernd, vor dem Balkon, an den Fenstern meines Schreibzimmers vorbei.

Außerdem warnte mich der Vater – wiederum in der Küche unter dem Herrgottswinkel sitzend –, daß ich aufpassen, mich nicht erwischen, nicht alleine in den Wald oder in die Auen gehen solle – Scheiß doch aufs Schneeglöckchenklauben! rief er mit weit aufgerissenen Augen –, denn das aus Kamering gebürtige Trio, der nackte Frauenunterkörper ohne Oberkörper, Kopf und Gliedmaßen anstarrende und dabei sein geschwollenes Glied festhaltende, seine kribbelnden Zehen bewegende, in schnellen Zügen die Vorhaut über die Eichel reibende Schöndarm Pelé, der in seiner Jugend, wenn er von weitem ein Mädchen sah, gerne lustvoll und spöttisch rief: »Holt, do is a Spolt!«, der trinkfeste, schnauzbärtige Frido Lemmerhofer mit den aufgenähten Hoden eines Toten zwischen seinen Oberschenkeln – Gottseidank kenn ich meinen Verstorbenen nicht! sagte er einmal beim Watten, nachdem er schon fünf Blonde in sich hineingeschüttet hatte, im Dorfgasthaus Mautner an der Drau – und der erzkatholische faltige Bruno Miklau mit dem Kropf voller Hostien unter seinem Kinn, der einmal, als ich ein Vexierbild mit dem blutüberströmten und dornengekrönten Jesuskopf, der die Augen öffnen und schließen konnte, aus Rom mitgebracht hatte, empört und gekränkt in der Küche meines Elternhauses rief: »Dos is jo Frevl!«, möchten mir gerne, aufgestachelt von ihren an jeder Wegkreuzung katholische Schlachtlieder singenden Lebensgefährtinnen, einen Denkzettel verpassen, um die Worte meines Vaters zu gebrauchen, das unappetitliche Trio, zwei Bauern und ein Polizist, möchte ein Löschblatt zwischen meine Lungenflügel schieben, mich zusammenschlagen, einmal so richtig *wampsen*, durchwampsen, um die Sprache des verschwörerischen Trios zu gebrauchen: »Es kommt nur drauf an, wie die Medien drauf reagieren werden!« Tatsächlich hatten sie nicht das Wort Zeitungen, sondern das Wort Medien verwendet, so der Vater als Nacherzähler dieser gegen Leib und Leben gerichteten Drohungen, wie immer als Berichterstatter unter dem Herrgottswinkel in der Küche seines Bauernhauses sitzend, ein Jahr vor seinem Tod.

Ich war froh, in Roppongi geblieben zu sein, so daß ich beim Begräbnis des Vaters das Zügenläuten, das Geläute der kleinsten, den Tod ankündigenden und seit meiner Kindheit mein kleines kreuz und quer pochendes Kinderherz in Angst versetzenden Glocke meines Heimatdorfes, nicht hören mußte. Um sieben Uhr abends, beim Betläuten habt ihr daheimzusein! so der Vater, immer wieder, mit hocherhobenem Zeigefinger. Besonders, wenn alle drei in der Sakristei bis auf den Holzboden hinunter pendelnden Glockenstricke gleichzeitig gezogen wurden und alle Glocken gleichzeitig läuteten, hob sich das kreuzförmig gebaute Dorf Kamering aus den Angeln, die Wurzeln der langen Gladiolen zappelten über dem Erdreich, und die Toten auf dem erhobenen, über der Erde schwebenden Friedhof strampelten mit ihren Beinen, der Buntspecht ließ den Totenkäfer mit den flirrenden schwarzen Beinchen aus seinem Schnabel fallen, und die Tschufitl, der Totenvogel in Gestalt eines Eichelhähers, verlor das den Fichtenbaum widerspiegelnde Fenster eines zukünftigen Totenhauses aus den Augen beim Läuten der Glocken. I hob die Tschufitl ghört! I hob den Totenvogel ghört! Wer wohl sterben muß! Man sah beim Läuten der drei Glocken das leichte bedrohliche Schwanken des Kirchturms, auf dessen Spitze einst ein Blechhahn angebracht war, der bei einem Sommergewitter von einem schweren, das ganze Dorf erschütternden, in den Kirchturm hineinfahrenden Blitz abgeschlagen wurde. Im Inneren der Kirche hatte der Blitzschlag an ein paar großen Heiligenfiguren schwarze Rußstreifen hinterlassen, aber weder der heilige Sebastian noch der wertvolle heilige Nikolaus wurden auseinandergespalten, den einst Kirchendiebe, die über das vergitterte Sakristeifenster in die Kirche gestiegen waren, von den Ketten losreißen wollten, wobei sie aber von einer in der Nacht den Friedhof betretenden Trauerfamilie gestört wurden, so daß sie ohne den heiligen Nikolaus verschwanden. Nach diesem versuchten Diebstahl brachte der Pfarrer Franz Reinthaler den heiligen Nikolaus ins Diözesanmuseum nach Klagenfurt. Die Dorfbauern wurden vom schweren Donnerschlag aus dem Schlaf gerissen, als der Blitz in die Kirche Maria in Dornach einschlug, erhoben sich aus der Mulde ihrer Kopfpolster und saßen mit weit aufgerissenen Augen, in die Dunkelheit starrend, aufrecht im Bett, warfen die Wolldecke zurück und versammelten sich schließlich, nachdem sie im Dorf zusammengelaufen waren und sich verständigt hatten, bei strömendem Regen mit gefüllten Wassereimern zwischen den Gräbern, da sie Angst hatten, daß der hölzerne Kirchturm Feuer gefangen haben könnte, die Heiligenfiguren eingeäschert werden, der ganze Altar brennen könnte mitsamt dem Tabernakel und der

Priester mit der schwarz verrußten Monstranz, in deren aus purem Gold bestehender Lunula die große, geweihte Hostie eingeklemmt ist, zwischen den Gräbern irrend aus dem Friedhof fliehen müßte, um den Leib Christi zu retten, er, der kunstsinnige Pfarrer Franz Reinthaler, Retter des heiligen Nikolaus von Kamering, Heiligenbildchen- und Freskenmaler, der in seiner Pfarrfiliale Stockenboi, wohin ich ihn als Erzministrant, mit dem roten, zusammengelegten Ministrantenmantel auf meinem Schoß in seinem weißen Volkswagen sitzend, oft begleitete, einen künstlerisch wertlosen Altar herausbrechen, durch einen neuen prachtvollen und blattgoldverzierten Altar ersetzen ließ, die herausgebrochenen Altarteile in der Pfarrhofholzhütte eigenhändig aufs Bloch legte, mit dem Hackbeil zerstückelte, die hölzernen Gliedmaßen, Oberkörper und Unterkörper und den Kopf vom Jesukind mit all den zerstückelten Heiligenfiguren, der Jungfrau Maria, dem Sankt Florian, dem heiligen Sebastian und den vergoldeten Engeln im kalten, steinernen Stockenboier Pfarrhof in den Kachelofen schürte zum Entsetzen der Mesnerin, die sich noch Jahrzehnte nach dem Tod des Pfarrers, als ich wieder einmal, die Ministrantenstätte meiner Kindheit aufsuchend, nach Stockenboi auf den Hügel fuhr, um die Kirche zu besichtigen, bei mir beklagte: »Das habe ich nicht verstanden, warum er den Altar aufgeheizt hat. Seither habe ich kaum noch ein Wort mit ihm reden können. Wo ich konnte, bin ich dem Reinthaler aus dem Weg gegangen.« Wenige Monate nach dem Begräbnis meines Großvaters, als ich den Pfarrer Franz Reinthaler zur Kirche begleitete, wir den Friedhof betraten und er den großen Familiengrabstein mit der vergoldeten Inschrift ›Josef Winkler‹ sah, blieb er entsetzt vor

dem Grabmal stehen und rief: »Kitsch! Kitsch! Kitsch!«
Ich schämte mich zu Tode. Am liebsten hätte ich mich im
Grab meines Großvaters verkrochen.

Ich war als Kind immer froh, wenn der Pfarrer Franz
Reinthaler am Palmsonntag verkündete, daß die Kirchenglocken am Gründonnerstag für ein paar Tage nach Rom
fliegen und erst am Auferstehungstag unseres leibhaftigen
Herrn, als Freudenglocken, wiederkommen würden, alle gemeinsam, die kleinste, bimmelnde Totenglocke und
die beiden anderen größeren Glocken auch, denn wenn
die Totenglocke außer Dorf war, konnte niemand sterben, mein Vater und meine Mutter, der Großvater und
die Großmutter nicht. Die Glocken werden am Gründonnerstag Flügel bekommen! sagte der Pfarrer Jahr für
Jahr in der Vorosterzeit im Religionsunterricht. Ich setzte
mich am Gründonnerstag, unweit vom Pfarrhof, auf einen
Hügel am Waldrand auf eine morsche, mit grünem Moos
bewachsene Bank zwischen weißen Birken und schaute
ins Dorf hinunter, ließ den Kirchturm lange nicht aus den
Augen und wartete, bis sich die drei Glocken mit Engelsflügeln erheben, aus den Fenstern des Kirchturms fliegen,
sich vor der rotweißroten Staatsgrenze mit allen katholischen Glocken des Landes versammeln und in Zugvögelschwärmen nach Rom, zu Papst Johannes XXIII.,
ziehen würden. Es läuteten alle Dorfglocken, als ich
über die sechzehnstufige Stiege hinaufrannte, die Schlafzimmertür aufriß und rief: »Oma, da Popst is gstorbn!« –
»Mein Gott na! Mein Gott na!« jammerte die dicke,
schwer schnaufende, im Bett liegende Großmutter, als
ich ihr berichtete, aus dem Radio erfahren zu haben, daß
Papst Johannes XXIII. gestorben sei.

Und es läuteten die Totenglocken, als ich, damals elfjährigjährig, kurz nach dem Tod des Papstes Johannes XXIII. in meinem Elternhaus wieder über die sechzehnstufige Stiege ging – es roch nach frisch gehackten Fichtenzweigen, nach Äther, Kot und Verwesung –, die großelterliche Schlafzimmertür öffnete, um die Ecke blickte und dieselbe, vor ein paar Stunden verstorbene, dicke Großmutter väterlicherseits vollkommen nackt mit auseinandergespreizten Beinen im Bett liegen sah. Die weinende Tresl, die kinderlos gebliebene Tochter der Verstorbenen, die gute Haut, die damals, als ich drei Jahre alt war, mich in einem Aufbahrungszimmer über eine mit Buchsbaumzweigen geschmückte Bahre hob, das schwarze Bahrtuch wegzog und mir das Totenantlitz meiner Großmutter mütterlicherseits zeigte mit den Worten: »Schau, Seppl, schau!«, tauchte nun, ein knappes Jahrzehnt später, ein Handtuch in die emaillierte Waschschüssel mit dem dünnen blauen Rand und säuberte den nackt im Bett liegenden Leichnam ihrer Mutter. Noch bevor mich die den Leichnam waschende Tante wahrnehmen konnte, schloß ich die Tür und lief verstört über die sechzehnstufige Stiege hinunter in die Küche zu meiner Mutter und fragte sie, die unter dem lauten Zügenläuten mit tränenden Augen Zwiebeln für das Szegedinergulasch zerkleinerte, ob ich ihr helfen könne. »Holztragen!« sagte sie, »bring einen Korb Holz herein, Seppl! Und dann geh zum Deutsch, kauf zwanzig Semmeln.«

TAUSEND UND EINE NACHT

»*In der Nacht darauf begann O Rin ihre Wallfahrt zum Narayama und trieb mit unnachgiebiger Härte den entschlußlosen Tappei zum Aufbruch. Am Abend wusch sie den ›Herrn weißer* hagi*‹, der am nächsten Tage gegessen werden sollte, und erzählte Tama-yan, wie man Pilze sucht und Forellen fängt. Nachdem sie sich davon überzeugt hatte, daß alle im Dorf schliefen, ging sie leise durch einen Vorhang auf die hintere Veranda hinaus. Dort stieg sie auf das Brett, das Tappei sich auf den Rücken geschnallt hatte. Die Nacht war windstill, aber eisig kalt; da der Himmel bewölkt war, schien auch der Mond nicht, und Tappei betrat mit unsicheren Schritten den dunklen Pfad.*«

WENIGE STUNDEN VOR der dörflichen Begräbniszeremonie in Kärnten irrte ich, auf der Suche nach einer Kerze, durch Roppongi, wo ich in unzähligen Läden verschiedenfarbige, hauchdünne japanische Räucherstäbchen, aber keine Wachskerzen fand, bis ich in einer Straße, an Huren und Zuhältern vorbeikommend, in einem pompösen amerikanischen Christbaumgeschäft eine kleine weiße Kerze mit einem schwarzen Spruchband entdeckte, The best candle in America!, die ich, wiederum eine Stunde später, zur Stunde der tatsächlichen Beerdigung meines Vaters, im Hotelzimmer in Tokio anzündete. Dem über eine halbe Stunde lang aufmerksam zuhörenden neunjährigen Kasimir und der ebenfalls stillhaltenden zweijährigen Siri erzählte ich Schönheiten und Grausamkeiten aus meiner Kindheit. Auf die kleine, ruhige Flamme der amerikanischen Candle blickend und mir den strengen, herzzerreißenden Ritus der Begräbniszeremonie in Kärnten vorstellend, flüsterte ich dem hautnahen Leichenbestatter zu: Herr Bischof! Euer Gnaden! Bevor Sie den Sarg schließen, legen Sie doch dem Vater in meinem Namen ein paar Gladiolen auf die Brust, langstielig und gelb, weiß und rot sollen sie sein, und an den Spitzen sollen die kleinen Blüten noch geschlossen bleiben für einige Stunden, damit sie dann, wenn er schon unter der Erde liegt und zugeschüttet ist vom Erdreich des Friedhofs, in der dicken Luft und Wärme im Sarginneren aufblühen, ihre Blütenkelche öffnen und ihn groß anschauen, den Verblichenen, der sich so lange Zeit gelassen, ehe er herausgekommen ist aus seinem Heustadel und sein allerletztes Brett genommen hat unter dem Obdach des großen eingerahmten und mit Blattgold verzierten Bildnisses seines schnauzbärtigen strengen Vaters und Patriarchen über seinem Sterbebett in der Bauernstube seines Kameringer Eltern- und Geburtshauses Anfang November des Jahres Zweitausendundvier.

Und wenige Tage nach dem Begräbnis, als in Kärnten Schnee fiel und die Blumenbuketts und Blumenkränze von einem Schneesturm zugedeckt wurden, die Blätter der Rosen und Nelken zusammenklebten, die Blumenkelche vom Gewicht der Flocken nach unten gedrückt wurden und man im Firn des frischen Neuschnees die Fußabdrücke der Witwe und ihrer Tochter vor dem Grabhügel sehen konnte, die gemeinsam jeden Tag über den lotrechten Balken des kreuzförmig gebauten Dorfes in den Friedhof hinuntergingen, eine Kerze anzündeten und beteten für den frisch Verstorbenen, während wir, Tausende Kilometer von Kärnten entfernt, auf einem anderen Kontinent, um fünf Uhr morgens Roppongi verlassen hatten, mit der Ubahn in ein anderes Stadtviertel gefahren waren und in einer riesigen Fischhalle Hunderte große Thunfische sahen, die mit elektrischen Sägen zerschnitten und filetiert wurden, und abends, als es schon finster war, in Tokio in einer Bar des *Park Hyatt Tokyo*, in der Nishi-Shinjuku saßen, in der auch Szenen des Films »Lost in Translation« von Sofia Coppola mit Scarlett Johansson und Bill Murray gedreht worden waren, den wir ein paar Monate vor unserer Abreise nach Japan im Klagenfurter Wulfeniakino angeschaut hatten, auch die zweijährige Siri und der neunjährige Kasimir waren dabei. An meinem italienischen Pellegrino-Mineralwasser trinkend, das mir die

Lady Ishikawa mit Knicks und hübschem Lächeln serviert hatte, abwechselnd auf den Bildschirm eines über der Bar hängenden Fernsehapparates, in dem ständig der Film »Lost in Translation« lief, auf die unzähligen großen roten Lichter und auf die blauen Glühwürmchenstraßen des nächtlichen Tokio schauend, fiel mir ein, daß damals, als ich nach dem Erscheinen meines ersten Buches nach längerer schamvoller Abwesenheit wieder in meinem Elternhaus aufgetaucht war, der Vater zahnlos – seine Zahnprothese war in Reparatur –, schmallippig, mit eingefallenem Mund, eine kotbehangende Gabel haltend, auf dem Misthaufen stand, die Misthügel zerstreute, die abgeschlagenen Hühnerköpfe mit den geschlossenen Augenlidern und leicht geöffneten Schnäbeln und die gelben, zusammengekrallten Hühnerbeine im Mist begrub und sagte, nachdem ihn ein Film über seinen Sohn im Fernsehen überrascht und er in diesem Bericht das erste Mal von meinen gegen ihn gerichteten Haß- und Verzweiflungsgefühlen erfahren hatte: »Du kannst über mich schreiben, was du willst, wenn es nur dir hilft, aber laß die beiden erhängten Buben im Dorf in Ruh! Laß die Toten in Frieden! Schreib nichts mehr über die beiden Selbstmörder!« Laß die beiden erhängten Buben in Ruh! murmelte ich vor mich hin, die grüne, durchsichtige Pellegrino-Mineralwasserflasche in Augenhöhe haltend und durch das Glas auf den Bildschirm schauend. »Wann reist du ab?« sagte Scarlett zu Bill. »Morgen!« antwortete er. »Du wirst mir fehlen! Mußt du gleich los?« sagte sie. »Ja, meine Bodyguards warten schon ... also dann ... möchtest du mir nicht eine gute Reise wünschen?« – »Ja, das wollte ich ... o.k. ... dann mach's gut!« – »Ja, du auch!« – »Mach's gut!«

Ja, Vater, mach's gut, ich wünsche dir eine gute Reise, sagte ich leise vor mich hin, die kleine, vornehm klumpige grüne Pellegrino-Mineralwasserflasche mit dem dünnen Hals an der Theke im Kreis drehend, auf den Bildschirm, zu Scarlett und Bill, und immer wieder aufs nächtliche Tokio, auf Abertausende unruhige Lichter der im Ameisentempo fahrenden Autos hinunterschauend. Mach's gut, Vater! Red oder scheiß Buchstaben! hast du einmal, als ich ein Kind war, zu mir gesagt, als du mir ungeduldig eine Frage gestellt hast. Und ebenfalls am Mittagstisch, als meine Mutter längst an ihrer sich immer mehr verdunkelnden Seele erkrankt war und Angst hatte, daß sie bald sterben werde, sagtest du vorwurfsvoll zu ihr: Du siehst schon gleich aus wie der da drüben! Dabei zeigtest du mit deinem Finger auf mich, das schwächlichste deiner Kinder. Was soll aus den Kindern werden, sagtest du zu ihr, schau sie dir an, was soll draus werden, wenn du nicht mehr bist! Von diesem Augenblick an wußte ich, daß ich vor meiner seelenkranken Mutter zu gehen haben werde, denn sie sieht schon gleich aus wie ich da drüben. Ein anderes Mal, ich weiß nicht mehr, bei welcher Gelegenheit, sagtest du: Du bist Luft für mich! Ich weiß nur mehr, daß ich mich umgedreht habe und weggegangen bin von dir, auf Zehenspitzen, ganz leise, damit du mich nicht mehr hören konntest, ich habe mich davongeschlichen – Schleich dich! habe ich auch öfter gehört –, denn ich wußte, daß ich der einzige luftleere Raum in diesem Dorf bin, ein Stück Vakuum, das in der Gestalt eines Kindes die Stalluft verwirrte.

Scarlett: »Als ich dich das erste Mal gesehen habe, hattest du an der Bar einen Smoking an, ziemlich elegant hast du ausgesehen, vor allem mit der Wimperntusche.«

Bill: »Aber zum ersten Mal haben wir uns im Aufzug gesehen!«
Scarlett: »Wirklich?«
Bill: »Weißt du nicht mehr?«
Scarlett: »Irgendwie sahst du aus wie alle anderen. Hatte ich einen bösen Blick drauf?«
Bill: »Nein, du hast mich angelächelt!«
Scarlett: »Ehrlich!«
Bill: »Ja, es muß ein Versehen gewesen sein. So hast du nie wieder gelächelt. Nur dieses eine Mal ... genauso ... nur breiter ... ja, vielleicht ... naja ... nicht ganz so breit!«
Wenn du nicht in einem Leichentuch lebst, kannst du nicht schreiben, du brauchst das Unglück, um dich überhaupt ausdrücken zu können! Du bist der Lebende, über den Tod schreibende Leichnam! habe ich einmal geschrieben. Vater, dir leb ich, Vater, dir sterb ich! habe ich einmal geschrieben. Und wenn du dann auf dem Rücken im Sarg liegst, im Smoking deines braunen Kärntneranzuges und mit der farblosen Wimperntusche deiner allerletzten, fast hundertjährigen Tränen, und von den vier schwarzgekleideten Bodyguards in die Kirche hineingetragen wirst zu deinem letzten Erdenweg, werde ich in deinem Sterbezimmer einen schwarzen, durch deinen Leichengeruch zu Tode erschrockenen Käfer suchen und ihn auf den Rükken drehen, seine flimmernden und ums Leben bettelnden Beinchen zum Gebet falten und dem Käfer ins Gesicht sagen: Du siehst schon gleich aus wie der da drüben ... der auf dem Friedhof ... der unter dem Neuschnee! Du hattest keinen bösen Blick mehr drauf, erzählte man mir, als ich aus Roppongi anrief, ganz sanft bist du eingeschlafen, wenn auch nicht in den Armen deiner Lieben, wenn auch ein wenig allein und ein wenig verlassen, getrennt von

den Lebenden, aber nicht einsam oder gar vereinsamt, ja, man sagte mir, daß du eingefallen und klein, kindlich und lieb – das Wort *lieb* war tatsächlich gefallen – im Sarg ausgesehen haben sollst in deiner Kärntnertracht, mit dem roten, den heruntergefallenen knöchernen Unterkiefer hochstützenden Krawattenknopf am Hals, nachdem der Tod dein Skelett zerrissen hat, die Lederschuhe deines Bruders an den Füßen, mit den zum Gebet gefalteten, mit einem schwarzen Rosenkranz umwickelten abgearbeiteten, krallenartigen Händen und mit dem Stummel des kleinen Fingers deiner rechten Hand. Es muß ein Versehen gewesen sein, daß du ausgerechnet dann gestorben bist, als ich in Tokio war. Red oder scheiß Buchstaben! hat Euer Gnaden, der Leichenbestatter, unser Herr Bischof, noch gesagt, an einer Zigarre paffend, und dann hat er die beiden Sargteile zusammengeschraubt, Zigarrenasche ist dabei auf deinen Sargdeckel gefallen. Die Luft roch schon vor dem Begräbnis nach Schnee, und als dann alles vorbei war, schneite es auch wirklich, der Himmel hat sich noch einmal kurzgeschlossen mit dir. Erinnere dich, ich war schon über dreißig Jahre alt, bin zurückgekehrt, habe jahrelang bei dir gewohnt, um eine Rückkehr des verlorenen Sohnes schreiben und dich danach wieder verlassen zu können, da haben wir gemeinsam auf dem Dachboden *Tausend und eine Nacht* gesucht, in jedem von flüchtenden Spinnen und staubigen Spinnweben ausgepolsterten Winkel, wir haben Ziegel aufgehoben, Fensterflügel mit zerbrochenen Scheiben zur Seite geräumt, graue, fußballgroße Hornissennester aufgestöbert und Tausend und eine Nacht gesucht, das einzige Buch, daß du in deiner Jugend gelesen hast und wieder haben wolltest, aber wir haben es nicht mehr gefunden, das eine und andere habe ich dir von den Flohmärkten, von der Caritas, von den Antiquariaten gebracht, aber nie mit dem richtigen Buchumschlag. Es war ein anderes Bild drauf! sagtest du abweisend, auch ein wenig verzweifelt und traurig, fast hundert Jahre lang hast du dieses Bild, das ich immer noch nicht gefunden habe, nicht aus den Augen verloren. Ich verspreche dir, wenn wir erst, aus Tokio zurückkehrend, durch den violetten Dunst über den beschneiten Fujiyama, über die Gebirge und Wälder von Sibirien, schließlich angekommen in Kärnten, andächtig vor deinem längst schon zugeschütteten und beschneiten Grab gestanden, die Goldbuchstaben des Wortlautes der letzten Grüße und die Goldbuchstaben der Namen der Hinterbliebenen auf den schwarzen, knisternden, steifen Kranzschleifen entziffert haben, dann werde ich, das verspreche ich dir hoch und heilig, weiterhin im Inland und im Ausland Tausend und eine Nacht suchen, alle werde ich sie nach Tausend und einer Nacht fragen, die Scarlett und den Bill auch. Mach's gut, Vater ... o.k. ... ich wünsche dir eine gute Reise ... o.k.!

DIE ANKUNFT IN VARANASI

»So hoch er auch stieg, weit und breit standen nur Eichen. Schließlich kam er an eine Stelle, die wie der Gipfel aussah. Am Fuße eines großen Felsblocks, an dem er vorbeikam, bemerkte er jemand. Tappei fuhr zusammen und wich unwillkürlich zurück. Der Mann, der zusammengekrümmt am Felsen lehnte, war ein Toter. Er hatte beide Fäuste geballt und schien sie fest gegeneinander zu drücken. Tappei blieb wie angewurzelt stehen; er konnte keinen Schritt vorwärts tun. O Rin streckte von hinten die Hand nach vor und zeigte vorwärts. Das sollte heißen: ›Geh weiter!‹«

VARANASI IST EINE DER ÄLTESTEN lebenden Städte der Welt, so alt wie Jerusalem, Athen und Peking. Sowohl im muslimischen wie im britischen Indien hieß die Stadt »Benares«, aber im unabhängigen Indien wurde der Name Varanasi wieder als der offizielle Name der Stadt eingeführt. Nach langer Pilgerschaft in Varanasi anzukommen, sich dort den vorgeschriebenen Umwandlungen, Waschungen und Riten zu unterziehen und schließlich selig zu sterben ist das Lebensziel eines gläubigen Hindu. »Menschen aus allen Kasten«, heißt es im Sivapurana, »aus allen Lebensstadien, ob Kinder, Jugendliche oder Alte, wenn sie in dieser Stadt sterben, werden sie ohne Zweifel befreit. Auch Frauen, ob rein oder unrein, ob Jungfrau oder verheiratet, ob Witwe oder Schwangere, ob menstruierend oder im Kindbett, wenn sie an diesem heiligen Ort sterben, erlangen sie Befreiung.« Tod in Varanasi ist »Moksha«, Befreiung und Erlösung, Freiheit von der Bindung an den Kreislauf von Geburt und Tod.

Die Fahrt von der Main Station von Varanasi in der Finsternis mit einer Motorrikscha dauerte über eine halbe Stunde. Wir fuhren an Hunderten ratternder und nach Diesel stinkender Generatoren vorbei, in einer halbfinsteren Stadt, in der der Strom ausgefallen war, durch das Gewühl von Mensch und Tier, verstockt in der Mitte der Straße stehenbleibenden Kühen, vorbei an den durch die Straßen gehenden Händlern mit ihren breiten Obst- und Gemüsekarren, an ramponierten Autos, Lastwagen, die dicke, schwarze Rauchschwaden aus ihrem Auspuff und uns ins Gesicht bliesen – selbst auf den Trittbrettern der vollbesetzten Omnibusse standen Menschen, manchmal auch Kinder –, vorbei an knatternden, tropfenweise Benzin verlierenden Motorrikschas, an den großrädrigen Fahrradrikschas, auf denen oft drei und fünf Menschen saßen, getreten von ausgemergelten Rikschafahrern, quer durch die Stadt fuhren wir, manchmal über Stock und Stein, zum Assi Ghat, ans Ufer des Ganges, zum Hotel Ganges View. Wir waren erschöpft und übermüdet, ich hatte Angst, und eine melancholische Stimmung breitete sich in mir aus. Bloßfüßige Dienerbuben liefen über die Treppe, nahmen uns das Gepäck ab und schleppten die schweren Koffer ins vorbereitete Zimmer. Wir wurden vom Hotelier Shashank Singh begrüßt und waren gerade zum allgemeinen Abendessen zurechtgekommen. Die Dienerbuben brachten uns auf einem blechernen Dahli die einzelnen, mir bis auf den Reis völlig unbekannten Speisen, die ich nicht essen wollte, und ich bekam sofort Angst vor Hunger. Es war mir nicht zu scherzen zumute, und auch der Satz meines Vaters »Ich habe im Krieg so einen Hunger gehabt, daß ich am liebsten dem Teufel die Ohren abgefressen hätte« ist mir in diesem Moment nicht in den Sinn gekommen, aber ich wollte eigentlich sofort wieder abreisen und sagte zu Kristina, daß ich morgen ins Reisebüro gehen und mit der nächstbesten Lufthansa, tot oder lebendig, zurückfliegen möchte. Beide begannen wir bei diesem Abendessen zu weinen. Ich, weil ich Angst hatte, hier nicht leben und schreiben zu können, ja sogar verhungern zu müssen, und sie, weil sie Angst hatte, daß ich ihren indischen Kindheitsbereich tatsächlich sofort wieder verlassen würde. Der kunstsinnige Hotelier, Shashank Singh, der seit dem Tod seines Vaters aus religiösen Gründen weder Fleisch, Fisch noch Eier ißt, auch nicht mit

Knoblauch und Zwiebel kocht, diesen unreinen Zutaten, wie er es nannte, und sie auch seinen Gästen nicht anbietet, hatte sich gefreut, als Gast einen Schriftsteller aus Österreich in seinem zu einem kleinen Hotel mit fünf, sechs Gästezimmern umgebauten Einfamilienhaus aufnehmen zu können, sah jetzt ein verzweifeltes Elendshäufchen an einem seiner gedeckten Tische sitzen und mißmutig mit der Gabel im vegetarischen Essen herumstochern. Wir lagen dann auf bretterharten Betten, an die ich mich ebenfalls erst gewöhnen mußte, ich stopfte mir das rosarote wachsartige Ohropax in die Ohren, denn der Lärm, der unmittelbar unter dem Hotel herrschte und den wir auch vom steinwurfweit entfernten Ufer des Ganges hörten, dauerte in der Zeit der Feste bis weit über Mitternacht an, und schon um vier, fünf Uhr morgens wieder gingen die ersten Pilger zum Ganges hinunter, manche betend und singend, in orangefarbene Gewänder gekleidete Sadhus mit ihren an die nackten Fußsohlen klatschenden Holzzockeln, mit ihrem ebenfalls in orangefarbene Tücher gewickelten Stock, an dem ein kleiner Beutel befestigt ist, in dem sich die heilige Schnur des Asketen verbirgt, und als Wassergefäß eine abgegriffene Kokosnußschale bei sich tragend. Andere Asketen mit ihrem zu einer verfilzten Krone hochgedrehten Haar, das mit Asche, Kuhurin oder auch Gangesschlamm beschmiert, wiederum andere, deren nackter Körper mit der Asche eines Toten vom Einäscherungsplatz eingerieben war, pilgerten wenige Meter vor unserem Fenster vorbei ans Gangesufer hinunter. Am nächsten Morgen, nach dem Frühstück mit Darjeelingtee, weißem Toastbrot, Butter, Mangomarmelade und mit der Frucht der sichelmondförmig aufgeschnittenen Papaya, beruhigte ich mich, denn auch die grauen, mich an Echsen und Urtiere erinnernden Geckos im Schlafzimmer, die sich mit ihren Saugfüßen an den Wänden festgehalten hatten, um auf Mücken zu warten, hatten mich von den schrecklichsten Ängsten erlöst und wohl auch getröstet, und ich machte die Drohung, am nächsten Tag ein Reisebüro aufzusuchen, nicht wahr, sondern wir setzten uns bald nach dem Frühstück auf die steinernen Treppen des Assi Ghats, schauten den indischen Pilgern bei ihren Ritualen am heiligen Ganges zu, Kristina fotografierte mit ihrer alten, schweren, mechanischen Leica, und ich nahm meine Pelikanfüllfeder und mein Notizbuch aus der ledernen Umhängetasche.

Varanasi, schreibt die amerikanische Indologin Diana L. Eck, ist ein lebendiger Text des Hinduismus. Fromme Frauen und Männer gehen bei Sonnenaufgang die Ghats, die langen Steintreppen, hinunter, um in der Ganga zu baden, das heilige Wasser der Ganga zu trinken und es in polierten, glänzenden Messinggefäßen nach Hause zu tragen. Ich spreche jetzt nicht mehr von dem uns geläufigen Flußnamen »Ganges«, sondern ich schreibe und sage »Ganga«, weil das grammatische Feminin für den heiligen Fluß von mythologischer Notwendigkeit ist. Der Fluß Ganga wird in Indien als Göttin und Mutter verehrt, und der Name Ganga wird sowohl für den Fluß als auch für die Göttin verwendet. Den Fluß entlang gibt es mehr als siebzig Bade-Ghats, die sich vom Assi Ghat im Süden, wo wir im Hotel Ganges View einquartiert waren, bis zum Adi Keshava Ghat im Norden erstrecken, jenseits der über den Fluß führenden Eisenbahnbrücke. In der heiligen Ganga zu baden, dem Fluß, der nach hinduistischem Glauben vom Himmel auf die Erde gefallen sein soll, ist der erste Ritus in Varanasi ankommender Pilger, den die Bewohner von Varanasi, die sogenannten Banarsi, täglich vollziehen. Frauen, die ihren Haarscheitel mit roter Farbe zum Zeichen ihres Verheiratetseins nachgezogen haben und den Sari auch während ihres Bades tragen, murmeln ein Gebet und schöpfen Wasser für ihre Götter oder für ihre Vorfahren aus dem Fluß. Fließt das heilige Wasser der Ganga über die Fingerspitzen zurück, ist es den Göttern geweiht, tropft es von den Daumenballen, gilt es ihren Ahnen und Vorfahren. Besonders fromme Pilger überqueren den Fluß mit einem Boot und ziehen dabei eine lange Schnur mit eingeflochtenen gelben und orangefarbenen Tagetesblüten hinterher, den sogenannten Marygold, um das göttliche Wasser zu schmücken. Bei den Azteken werden diese Ringelblumen, deren orangefarbene Leuchtkraft bis ins Totenreich hinein zu sehen ist, »Cempazuchitl« genannt. Abends, wenn es dunkel ist, werden auf den Ghats die an langen Bambusstangen in geflochtenen Körben aufgehängten »Himmelslampen« und die in großen kegelförmigen, steinernen Ständern stehenden öligen Dochte angezündet. Diese Lichter erhellen den Weg für die Toten, wenn diese nach ihrem jährlichen Besuch auf der Erde zu den Vorfahren zurückkehren. Flußabwärts vom Assi Ghat, Richtung Einäscherungsplatz, treiben rote Rosenblüten und orangefarbene Ringelblumenblüten, Tausende flackernde Öllichter in tönernen, handgemachten Schälchen, auf denen man manchmal auch noch die Fingerabdrücke von Kindern sehen kann, Lichter, die in Verehrung der Göttin Ganga dargebracht werden. Das heilige Wasser der Ganga kann man in den engen Gassen der Stadtmitte von Varanasi auch in kleinen verschlossenen Kupferkrügen als Souvenir kaufen.

In den darauffolgenden Tagen, nach der ersten Nacht in Varanasi im Hotel Ganges View, in der ich meine Ohren mit dem rosafarbenen Wachs zugestopft hatte und nichts mehr hatte hören oder sehen wollen, gingen Kristina und ich mit Fotoapparat und Füllfeder, zuerst gemeinsam, am Ufer der Ganga, die Steintreppen entlang, von Ghat zu Ghat. Dann und wann tauchten Flußdelphine auf und verschwanden sofort wieder, fünfzehn, zwanzig Geier skelettierten einen nahe am Flußufer schwimmenden und bestialisch stinkenden Tierkadaver, Hunderte grüner Papageien tauchten auf, schwirrten hoch über dem Fluß in der Luft und verschwanden wieder, ein großes Ruderboot fuhr flußabwärts, beladen mit Holz aus dem Vindhya-Gebirge, Richtung Manikarnika Ghat, zum großen Verbrennungsplatz, wo es für die Einäscherung der Toten verwendet werden würde. Weiter das Flußufer entlang zum nächsten Ghat gehend, blieben wir bei den Sati-Gedenkschreinen stehen, die an Witwenverbrennungen erinnern, an Frauen, die sich, verzweifelt über den Tod ihres Mannes, das Leben genommen haben und ihren Männern in den Tod nachgefolgt sind oder auch gezwungen wurden, gemeinsam mit ihren toten Gatten bei lebendigem Leib auf dem Scheiterhaufen zu sterben. Immer wieder riefen ein paar am Flußufer, in der Nähe ihrer Boote sitzende Männer: »Hello, boat! Boat! Boat going!«, Kinder liefen mit ihren verschiedenfarbigen, hoch und weit über der Ganga schwebenden bunten Seidenpapierdrachen an den Steintreppen des Flußufers entlang. Am Dashashvamedha Ghat, dem Haupt-Ghat von Varanasi, beobachteten wir das bunte Treiben der Händler, die orangefarbene und gelbe Ringelblumengirlanden anboten, Zinnober- und Gelbwurzverkäufer, Erdnußverkäufer, die mit ihren kleinen, mobilen Öfen an Ort und Stelle die Erdnüsse frisch rösteten, kleine Jungen, die uns mit ihrem Stapel abgegriffener Ansichtskarten von Varanasi Hunderte Meter weit folgten, die aufdringlichen Männer, die im Weitergehen unsere Muskeln betasteten und ihre Masseurkünste anboten, Schlangenbeschwörer, die sich große, dicke Schlangen um den Hals hängten, ihre Bastkörbe öffneten und einer lethargisch im Korb eingeringelt liegenden schwarzen Kobra die flache Hand auf den Kopf schlugen, worauf die Schlange mit verschwommenen Augen ihren Hals reckte und mit der Zunge zu lispeln begann, und ab und zu, wenn der inzwischen auf der Flöte spielende Schlangenbeschwörer wieder, um die Schlange zu ermuntern, ihr Haupt betätschelte, erinnerte sich die Schlange auch tatsächlich an ihre Angriffs- und Verteidigungshaltung und stieß ihren Kopf bedrohlich nach vorne. Wir beobachteten die unter den großen, halbzerfetzten Bambusschirmen sitzenden geschäftstüchtigen Pandas, Brahmanen, die Pilgern Gelübde und Geld abnehmen, heilige Sprüche rezitieren und nach dem rituellen Bad in der Ganga den Gläubigen einen leuchtend roten Punkt, das »Tilaka«, auf die Stirn drücken, als Zeichen ihrer Teilnahme an einer heiligen Handlung. Über die Steintreppe des Deshashvademha Ghats hinauf, wo Frauen aus den Slums, auf den Treppen sitzend, ihre Kleinkinder entlausten, uns Mädchen und Buben nachliefen und an unseren Kleidern zerrten und die in ihren kleinen, fahrbaren Holzkisten hockenden Leprakranken mit ihren fehlenden Nasenbeinen, ihren entzündeten, mit gelbfleckigen Faschen verbundenen Händen und Füßen bettelnd und unverständliche Worte murmelnd ihre oft auch blutigen Fingerstumpen ausstreckten, gingen wir die breiter werdende Straße mit den Obst- und Gemüseständen entlang, wo ich das verwahrloste Siddhartha Hotel sah, zu dem ich aber keinen Eingang mehr fand, in die enge, nur etwas mehr als einen Meter breite Vishvanath Gali, wo Pilger, mit orangefarbenen Ringelblumen und Süßigkeiten als Opfergaben für ihre Götter, zum Goldenen Tempel strömten oder singend vom Goldenen Tempel kamen, der von Militär schwer bewacht wird, in den nur Hindus eintreten dürfen und an dessen Eingang wir abgewiesen wurden.

Einmal ging ich gegenüber dem Siddhartha Hotel mit einer großen gelbgrünen Papaya, die ich soeben bei einem Obststand gekauft hatte, die Straße entlang, als mir, wie so oft in den engen Gassen von Varanasi, eine Kuh entgegenkam, die aber, als sie, auf meiner Höhe angekommen, die Papaya wahrnahm, ihren gehörnten Schädel nach unten auf die Papaya stieß, so daß mir die große Frucht, die ich mit beiden Händen gehalten hatte, zu Boden fiel und ich völlig überrascht und starr vor Schreck zur Seite sprang, während die Kuh in aller Ruhe die Papaya vor meinen Beinen auffraß, ich aber, heftig durchatmend, dankbar und froh war, daß sie mich mit ihren Hörnern nicht aufgespießt, mir die Spitzen ihrer rot bemalten Hörner nicht ins Auge oder in den Hals gestochen hatte, denn ich wäre in der heiligen Stadt, in der ich noch nicht sterben und eingeäschert werden wollte, zwischen den Verkaufsständen mit den aufgestapelten Mangos, Papayas und großen, grünen Kokosnüssen verblutet, ganz in der Nähe vom Siddhartha Hotel, vor dem ich immer wieder stehenblieb, ohne den Eingang zu finden, unweit vom Manikarnika Ghat, wohin man mich getragen und wo man mich eingeäschert hätte, wenn ich durch eine Verletzung der Halsschlagader verblutet wäre. Während der holprigen Fahrt mit der Fahrradriksha zurück zum Hotel, als es schon finster war, kam uns ein Leichenzug entgegen. »Rama nama sataya hai!« riefen die Männer, die einen auf einem Bambusgerüst in farbige Kunststofftücher eingewickelten Toten aufgeschultert hatten. Voran ging ein Mann mit einem dicken Bündel brennender, stark qualmender und nach Sandelholz riechender Räucherstäbchen. Hinter der Totenbahre gingen ebenfalls immer wieder »Rama nama sataya hai!« rufende Männer, die fäustevoll Reisflocken warfen auf den auf der Bambustragbahre aufgebundenen, vom Rhythmus der Gehenden leicht wippenden Körper und wackelnden Kopf des Toten und sich einen Weg durch die Straßenmenge bahnten. Am Toten soll man nicht anstreifen, heißt es nach hinduistischem Glauben, eine Berührung des Leichnams gilt als verunreinigend.

MAHASHMASHANA –
DIE GROSSE VERBRENNUNGSSTÄTTE

»Tappei ging weiter. Wieder lag am Fuß eines Felsblocks gebleichtes Gebein. Beide Beine waren an ihrem Platz, aber der Kopf war daneben auf den Boden gefallen. Nur die Knochen des Brustkorbs lehnten noch ganz wie bei dem ersten Toten an dem Felsen. Die Arme lagen beide weit vom Körper ab. Alle Glieder waren so weit verstreut, als hätte jemand sie zum Scherz so hingelegt. O Rin streckte wieder die Hand aus und bewegte sie: ›Vorwärts! Vorwärts!‹«

IN DEN DARAUFFOLGENDEN TAGEN ging ich mit dem Rüstzeug meiner Füllfeder, eines indischen Tintenfäßchens und eines roten Notizbuches, das ich gleich hinter dem Goldenen Tempel bei den Buchbindern gekauft hatte, das Gangesufer entlang, bis ich bei dem kleinen, nur wenige hundert Quadratmeter großen Einäscherungsplatz des Harishchandra Ghats ankam, der nur zwanzig Minuten Fußweg vom Assi Ghat, vom Hotel Ganges View entfernt ist, während man zu dem großen, unübersichtlichen Einäscherungsplatz am Manikarnika Ghat, auf dem täglich über hundert Tote eingeäschert werden, fast eine ganze Stunde lang gehen muß, und setzte mich an den Rand des großen, runden Einäscherungssteins, schlug mein Notizbuch auf, nahm meine Füllfeder aus der ledernen Umhängetasche und begann meine Beobachtungen zu notieren. Zuerst wurde ich von der Berufsgruppe der »Dom«, die zur Kaste der Unberührbaren gehört, der die Verbrennungsstätten in Varanasi am Harishchandra Ghat und am Manikarnika Ghat unterstehen und die auch die Toten einäschert, skeptisch und mißtrauisch beobacht. Die Doms verkaufen Holz, nehmen für jeden Leichnam, der am Ufer der Ganga eingeäschert wird, eine Gebühr ein und hüten das ewig brennende heilige Feuer, von dem alle Scheiterhaufen angezündet werden. Die Doms waren anfangs, wie bei jedem auf dem Einäscherungsplatz stehenbleibenden Touristen, auch bei mir aufdringlich, erklärten mir die Einäscherungsrituale, wollten Bakschisch haben und daß ich für eine arme Familie, die kein Geld hatte, um einen Toten einzuäschern, das Holz für die Einäscherung kaufe, aber nachdem ich wieder und wieder gekommen war, mich mit Füllfeder und Notizbuch zwischen die brennenden Scheiterhaufen setzte, gehörte ich zu ihnen. Sie äscherten die Toten ein, ich setzte mich an meinem Platz, der manchmal noch warm von Ascheresten war, und begann zu schreiben, nicht selten mit einem zu meinen Füßen in der warmen Asche zusammengekrümmt liegenden und schlafenden, sich beim Aufwachen immer wieder in seinen Rücken beißenden, an seinem Rücken nagenden oder an seinem Geschlecht leckenden Hund. Worüber ich schrieb, wußten die Doms nicht, sie wollten nur keine Bilder sehen, keine Zeichnungen von den Einäscherungen, keine Fotos vom Verbrennen der Toten, das war verboten, denn es würde, wie sie erzählten, die Seelen der Toten daran hindern, in den Himmel zu kommen, aber wenn ich ihnen genug Bakschisch zusteckte, durfte ich bei den Einäscherungen auch fotografieren, und wenn ich ihnen noch mehr Bakshish gäbe, hätte ich den Toten auch gleich mitnehmen können. An einer hohen, zu den Quartieren der Doms führenden Mauer am Harishchandra Ghat sind Abertausende Kilo Mango-Holzprügel gestapelt, die an Ort und Stelle mit einer großen, alten Waage abgewogen und für die Einäscherung ihrer Toten an die Verwandten verkauft werden. Wenn die Angehörigen nur wenig Geld hatten und nur ein paar Holzprügel kaufen konnten, wurde der Leichnam, der zuerst wohl noch in das heilige Wasser der Ganga eingetaucht wurde, ein Stück weggerückt vom Fluß oder überhaupt, zehn, zwanzig Meter weit vom Flussufer entfernt, unmittelbar unter den Steintreppen eingeäschert, und dann konnte man auch, wenn nur ein paar Holzprügel unter und ein paar Holzsprießel auf dem Toten lagen, tatsächlich sehen, wie ein menschlicher, in ein färbiges Kunststofftuch eingewickelter Leichnam verbrennt, mit allen Einzelheiten, die ich ebenfalls in mein rotes indisches Notizbuch aufzeichnete. Bauern, die mit Traktor und Anhänger, auf dem auch die Verwandten saßen, ihren Verstorbenen in die Stadt brachten, hatten Holzprügel aufgeladen, denn der Tote sollte auch mit dem Holz aus seiner nahen Umgebung, aus seinem Lebensbereich eingeäschert werden. Konnten die Angehörigen mehr Holz kaufen, wurde der Leichnam ganz dicht am Ufer der heiligen Ganga oder überhaupt, was eher selten vorkam, auf dem großen runden Einäscherungsstein verbrannt, an dessen Rand ich oftmals mit meinem aufgeschlagenen Notizbuch saß, um aufs Flußufer hinunter, auf die vorbeifahrenden Boote, auf einen brennenden Holzstoß oder auf das Treiben ringsum am Einäscherungsplatz zu schauen. Nachdem ein Leichnam angebrannt war, nach den Andachtsminuten, begannen sich die vor dem Scheiterhaufen stehenden und hockenden Inder wieder zu unterhalten, rauchten Bidis, manche konnten auch scherzen und lachen, denn es heißt nach hinduistischem Glauben, daß man die Tränen nicht zeigen soll, daß Trauern und Wehklagen dem Verstorbenen Unglück bringt und er lange nicht ins Nirwana findet. Andere wiederum starrten wortlos zwei Stunden lang in die orange- und gelbfarben hochstechenden, den Leichnam umlodernden Flammen und in die manchmal einen halben Meter dicke Glut. Die Doms stocherten immer wieder mit Bambusstangen im Scheiterhaufen, um die Verbrennung zu beschleunigen, gabelten die von der langsam zusammenbrechenden Feuerstelle herabrutschenden halbverkohlten Arme und Beine, die sich vom Körper gelöst hatten, mit der langen Bambusstange auf und steckten sie wieder in die Glut hinein.

Abgesehen von den weiblichen Touristen ist es Frauen verboten, sich am Verbrennungsplatz aufzuhalten und an einer Einäscherung teilzunehmen. Ich habe Hunderte Einäscherungen in Varanasi am Harishchandra Ghat gesehen, aber niemals sah ich eine Inderin, die von Anfang bis zum Ende bei der Verbrennung ihres Verwandten oder auch ihres Mannes dabeisein durfte. Nur einmal hockte lange weinend und jammernd eine Frau am Einäscherungsplatz vor ihrem in farbige Kunststofftücher eingewickelten toten Mann, entblößte sein Gesicht, küßte seine Stirn, und als dann der Tote von den Verwandten auf den vorbereiteten Scheiterhaufen gehoben wurde und das Ritual der Einäscherung begann, wurde die verzweifelt schreiende und zappelnde Frau von zwei Männern weggetragen, über die Steinstiege des Harishchandra Ghats hinauf, vorbei am ewig brennenden Feuer, von dem alle Scheiterhaufen angezündet werden, in die Harishchandra Road hinein, nicht einmal von weitem durfte sie bei der Einäscherung ihres verstorbenen Mannes zusehen. Ein bloßfüßiger, halbwüchsiger, nur mit einem rotweißen Lendentuch bekleideter Junge mit schwarzgefärbten Augenlidern – der Sohn eines Dom – trug ein zwischen zwei getrocknete Kuhfladen geklemmtes heißes, mit einem grauen Aschefilm überzogenes kleines Holzkohlestück, das er vom ewig brennenden Feuer genommen hatte, lief über die Steinstiege und über den Sandhügel hinunter ans Ufer der Ganga und legte es auf die Knickstelle des heiligen Kusha-Grases, das ein frischgeschorener, glatzköpfiger, nur mit einem nahtlosen weißen Baumwolltuch bekleideter, vor einem Scheiterhaufen wartender Mann in seinen Händen hielt. Die rauchend heiße, auf dem Kusha-Gras liegende Kohle begann sich rot zu färben, zu glühen und entzündete das Gras, mit dem der kahlgeschorene Mann siebenmal, dabei jedesmal die Stirn des von Kopf bis Fuß in ein farbiges, mit goldenen Streifen durchwirktes Tuch eingewickelten Toten mit dem Feuer berührend, um den Scheiterhaufen herumging, ehe er das lichterloh brennende Bündel unter dem Rücken des Toten zwischen die kreuz und quer aufgestapelten Mangoholzscheiter steckte. Manch einer verbrannte sich dabei oder ließ das lichterloh brennende Büschel Kusha-Gras vor dem Scheiterhaufen zu Boden fallen und mußte mit dem Ritual des Anzündens noch einmal von vorne beginnen.

Einmal sah ich, daß Bidis rauchende, Pan kauende und den roten Betelnußsaft sich vor die Füße spuckende, vor dem brennenden Scheiterhaufen hockende Männer zu lachen und zu scherzen begannen, als sich die brennenden Beine einer toten, auf dem Holzstoß liegenden Frau langsam in der Hitze grätschten. Einmal urinierte ein kleiner Junge, der kohlebeschmutzte Sohn eines Dom, mit der Asche der Toten unter den Zehennägeln, in den noch brennenden Scheiterhaufen hinein, in dem ein Leichnam verkohlte, ein anderes Mal trocknete geduldig ein Junge seinen nassen Papierdrachen, der in die Ganga gefallen war, über den Flammen, ein Hund lief mit einem angekohlten, von der Hitze angeschwollenen menschlichen Unterschenkel mit verbogenem Fuß und schwarz angesengten Zehen das Flußufer entlang, gefolgt von ein paar anderen bellenden, knurrenden und zähnefletschenden Hunden, die ihm den Happen streitig machen wollten. Nachdem die Angehörigen eines noch brennenden Toten in der heiligen Ganga ein rituelles Bad genommen hatten, gingen sie wieder zum inzwischen niederbrennenden Scheiterhaufen zurück und hielten zum Trocknen die nassen, löchrigen Unterhosen, mit denen sie in den Fluß gestiegen waren, über den schwarzklumpigen, in der Hitze der orangefarbenen und gelben Glut verkohlenden Kadaver, dem Arme und Beine bereits verbrannt waren. Ein anderes Mal tauchten junge Wiener Hare-Krishna-Leute am Einäscherungsplatz auf mit einem gelben Julius-Meinl-Plastiksack, auf dem der Schatten eines Mohrenkopfes abgebildet ist, sangen »Hare Krishna! Hare Rama! Hare! Hare!« und gingen mit der Julius-Meinl-Einkaufstasche, den Kopf wiegend, mit treuherzigem Augenaufschlag »For Krishna! For Krishna!« flüsternd von Inder zu Inder und bettelten um Rupies. Tatsächlich griffen, eingeschüchtert von der psalmodierenden Krishna-Anbetung, arme Inder in ihre Hosentaschen und zogen Münzen, auch Geldscheine heraus. Vertrieben wurden die Wiener Hare-Krishna-Leute von einem mit einem kohlebeschmutzten Panjabidreß bekleideten Mädchen – Tochter eines Dom –, die den Hare-Krishna-Girls und -Boys eine zwischen zwei halbierte Bambussprießeln eingeklemmte, angekohlte Prothese, die es aus einem brennenden Scheiterhaufen gefischt hatte, unter die Nase hielt und verkaufen wollte. Manchmal tauchten am Einäscherungsplatz auch Sadhus auf, die zu den Asketen der Aghoris gehören, denen man nachsagt, daß sie Exkremente essen, Urin und Alkohol trinken, Marihuana rauchen, auf gestohlenen Leichenholzresten ihre Speisen kochen, Verstorbene enthaupten, den Schädel präparieren, um darin Nahrung zu sammeln. Der von den Banarsi verehrte Sadhu Bhimababa lief jahrelang splitternackt in der Stadt umher, nahm sein Essen, ohne es mit seinen Händen zu berühren, wie eine Kuh mit dem Mund zu sich, bis er, verstorben, unter großer Gefolgschaft der Bewohner von Varanasi, aufgebunden auf einer über und über mit orangefarbenen Ringelblumen geschmückten Sänfte, ans Flußufer getragen und den Fluten der heiligen Ganga übergeben wurde.

Einmal sah ich – ich traute meinen Augen –, wie von einem uniformierten, schnauzbärtigen Mann ein durch Kopfschuß hingerichteter Kindsmörder an einem Strick, der an dessen zusammengebunden Beinen befestigt war, die Harishchandra Road hinunter am ewig brennenden, heiligen Feuer vorbei neben dem elektrischen Krematorium über die Steinstiege des Harishchandra Ghats gezogen wurde. Immer wieder schlug sein Kopf, Blut verlierend, hart auf den Stiegenkanten auf. Kopf und Hüften des Mörders waren mit einem Tuch umschlungen, die übrigen Körperteile nackt. Sein Oberkörper war aufgeschnitten worden und nur notdürftig, mit wenigen Stichen, zusammengenäht. Die Stichstellen waren blauviolett. Zwischen den Lücken der weißen Chirurgennähte schimmerten die grauen Eingeweide heraus. Blut sickerte aus der Schußwunde am Kopf, aus Mund und Nasenlöchern, während der Delinquent, dessen Schädel immer wieder auf den Steinstufen aufschlug, von dem fluchenden uniformierten Mann am Strick über die Stiege zum Einäscherungsplatz hinuntergezogen und mehr als eine halbe Stunde lang liegengelassen wurde, bis ein Bootsmann das Strickende am Bug seines Bootes befestigte. Der Mann ruderte das Boot mit dem angebundenen, im Wasser versinkenden Leichnam des Mörders ein Stück in die Ganga hinaus, entknotete den Strick und ließ ihn ins Wasser gleiten. Mit Flußwasser säuberte er den Bug des Bootes, an dem der

Leichnam mit dem Strick befestigt gewesen war, ruderte zurück ans Ufer und befestigte das Boot an einer am seichten Ufer hochragenden Holzstange.

DER RITUS DES SCHÄDELS

»Als Tappei sich zufällig noch einmal zu dem Toten umwandte, saß in dessen Brust noch ein Rabe. ›Waren es denn zwei?‹ fragte er sich, als sich unter dem zweiten Raben der Kopf eines dritten bewegte. ›Dieser Tote hat seine Beine ausgestreckt wie jemand, der sich ausruht, aber die Raben haben seinen Bauch zerfressen und ihr Nest darin gebaut‹, dachte er.«

IN DER STADTMITTE VON VARANASI steht ein Sterbehaus, das »Kashi Labh Mukti Bhavan« genannt wird, in das sich von auswärts kommende Schwerkranke und Sterbende einmieten können, die, der Vorschrift entsprechend, keinen Arzt mehr konsultieren und keine Medizin mehr einnehmen, nur mehr auf den Tod warten. Alle paar Stunden erhalten die Todkranken ein paar Tulsi-Blätter und Gangawasser, die beste Medizin zum Sterben. Das Wasser der Ganga wird »amrita«, »Nektar der Unsterblichkeit«, genannt. Wenn sich die Sterbenden länger als vierzehn Tage in diesem Haus aufhalten, bedarf es einer Erlaubnis des Direktors. Jedes Jahr kommen Tausende, um in der heiligen Stadt Varanasi zu sterben und auf einem der beiden Verbrennungsplätze eingeäschert zu werden. Seit mehr als 2500 Jahren kommen die gläubigen Hindus zu diesem Ort, den sie sowohl die »Große Verbrennungsstätte« als auch den »Wald der Seligkeit« nennen, und keine andere Stadt auf Erden ist des Todes wegen so berühmt wie Varanasi. Im traditionellen Indien liegt der Totenverbrennungsplatz außerhalb der Stadt, weil es unreiner Boden ist. In Varanasi befinden sich die Verbrennungsplätze mitten in der lebhaften Stadt, unmittelbar neben den Badeplätzen, und sie sind heiliger Boden, denn der Tod in Varanasi wird von den gläubigen Hindus als ein Segen betrachtet. Viele schleppen sich auch todkrank ans Ufer der Ganga, um von dort weg zur Verbrennungsstätte getragen und eingeäschert zu werden. Wenn ich stundenlang in der Harishchandra Road, wenige Meter von dem für gläubige Hindus unwürdigen und wenig frequentierten elektrischen Krematorium, das in den Achtzigerjahren des vergangenen Jahrhunderts unter großen Protesten der geschäftstüchtigen Doms errichtet wurde, unweit vom Stiegenabgang zum Einäscherungsplatz des Harishchandra Ghat mit meinem roten indischen Notizbuch unter einem Baum saß und die Arbeiter am riesigen Holzlager beim Spalten und Zerkleinern der Mangoholzprügel beobachtete, die Schreie ihrer Anstrengung hörte, mich wieder von den auf den Baumstämmen und an den Ästen herunter- und hinauflaufenden grauweißen Streifenhörnchen ablenken ließ, wurden immer wieder Verstorbene mit den verschiedensten Verkehrsmitteln herangebracht, auf dem Dach von weither kommender Omnibusse oder auf dem Anhänger eines Traktors, wo die Verwandten und Bekannten, rings um den in vergoldete Tücher eingewickelten Toten sitzend, brennende Sandelholzräucherstäbchen in den Händen hielten. Auf einem Karren, mit dem sonst die Obst- und Gemüsehändler durch die Straßen zogen, lag einmal ein Toter, einer war hochkant auf einer Fahrradriksha festgebunden, mit zur Brust gesenktem Kopf, ein anderer befand sich auf dem Dach einer Motorrikscha, und viele wurden mit Jeeps, an deren Rückseite man die beiden herausragenden Stangen der Bambustragbahre sehen konnte, zum Verbrennungsplatz gebracht. Immer wenn ein Omnibus anhielt, von dessen Dach ein Toter gehoben wurde, und die mitfahrenden Leute ihre Beine streckten und Turnübungen machten, wußte ich, daß sie den ganzen Tag oder vielleicht auch die ganze Nacht im Omnibus von weither, aus Kalkutta, Delhi oder Bombay, gekommen waren, um hier in der heiligen Stadt der Hindus ihren Toten einzuäschern. Die Toten wurden von den Angehörigen oder Verwandten zu den Verbrennungsplätzen ans Ufer der Ganga gebracht oder auch von Leichentransportunternehmen mit den Namen »Heaven Express«, »Last Rites Mail« oder »Corpse Waggon«. Wenige Meter entfernt von dem Baum, unter dessen Ästen ich mit meinem aufgeschlagenen Notizbuch saß, wurden die auf Bambustragbahren gebundenen Verstorbenen am Rand der Straße abgesetzt, und die Verwandten begannen mit dem Aushandeln des Holzpreises. Immer wieder kam es dabei zu Streitereien mit den Doms, die oft auch das noch nicht vollständig verbrannte, durch die Einäscherung eines Toten unrein gewordene Holz als Kochholz wiederverkaufen und manchmal, um Holz zu sparen und bei der nächsten Einäscherung weiterverwenden zu können, eine halbverkohlte Leiche mit ihren Bambusstäben vom Scheiterhaufen stoßen und in den Fluß werfen. Täglich trugen die Kinder der Doms, manchmal drei- und vierjährige Mädchen und Knaben, noch brauchbare halbverbrannte oder halbverkohlte Holzstücke in ihre Quartiere. Der Leichnam wird schließlich, wenn die Verhandlungen über den Holzpreis mit den Doms abgeschlossen sind, am ewig brennenden, heiligen Feuer vorbei, von dem alle Scheiterhaufen angezündet werden, von den Trägern und Begleitern, die immer wieder »Rama nama satya hai!« rufen – Gottes Name ist Wahrheit –, ans Flußufer getragen und noch einmal ins heilige Wasser der Ganga eingetaucht. Die Hanfstricke, mit denen der Tote auf die Bambustragbahre gebunden ist, werden gelöst, die orangefarbenen, um den Leichnam gewickelten Ringelblumengirlanden in den Fluß geworfen, und der Tote wird auf den von den Doms vorbereiteten Scheiterhaufen gehoben. Der Rangerste unter den Trauernden, meistens der älteste Sohn mit dem frischgeschorenen Haupt, der nur mit einem weißen, nahtlosen, dünnen Baumwolltuch bekleidet ist, bringt vom ewigen Feuer, das von den Doms Tag und Nacht bewacht wird, die brennenden Halme des heiligen Kusha-Grases, geht siebenmal um den Scheiterhaufen und steckt sie unter dem aufgebahrten Leichnam zwischen die Holzsprießel. Wenn der Leichnam fast verkohlt ist, schlägt der Sohn des Toten oder der Rangerste unter den Trauernden mit einem langen Bambusstock den Schädel des Leichnams ein, was »Ritus des Schädels« genannt wird. Jetzt kann, wie es heißt, die Seele, der Lebenshauch entweichen, jetzt ist der Vater nicht nur körperlich, jetzt ist er auch rituell gestorben, und mit diesem Akt wird die Seele aus den Verstrickungen des Körpers befreit und der Tote kann »Moksha« erlangen. Nach ungefähr zwei Stunden, wenn der Körper verbrannt ist, nimmt wiederum der Rangerste unter den Trauernden einen Krug Gangawasser und wirft ihn, ohne sich umzusehen, über seine linke Schulter auf die noch rauchende Asche mit den kleinen menschlichen Knochenresten und geht ein Stück flußabwärts, um sich in der Ganga einem rituellen Bad zu unterziehen.

Neugeborene und Kleinkinder werden nicht eingeäschert, sondern, eingewickelt in ein weißes Baumwolltuch, auf einen schweren, flachen Stein gebunden, auf den Bug eines Bootes gehoben, in die Flußmitte hinausgerudert und am Jalsai Ghat bestattet, unmittelbar vor dem Einäscherungsplatz des Manikarnika Ghats, oder auch, wo ich es öfter sah, gegenüber vom Einäscherungsplatz des Harishchandra Ghats in der Flußmitte an der Stelle versenkt, wo im Laufe der Zeit Hunderte und Tausende Kinder vom Boot ins Wasser gestoßen wurden und wo der in die Tiefe gleitende Kinderleichnam zwischen den davonstiebenden, Kinderfleisch fressenden Fischen auf andere auf dem Grunde des Flusses liegende, zusammenkrachende Kinderskelette fällt. Bevor der Leichnam eines Kindes zur Wasserbestattung freigegeben wird, läßt sich der Bootsmann einen Totenschein geben, einen kleinen, ein paar Quadratzentimeter großen Papierfetzen, auf dem in drei verschiedenen Handschriften auf Hindi der Name und das Geburtsdatum des Kindes aufgeschrieben stehen. Der Bootsmann begutachtet den Kindertotenschein, wirft ihn am Flussufer in den Sand, rudert das tote Kind in Begleitung des ein Bündel brennender Räucherstäbchen in den Händen haltenden Kindsvaters und in Anwesenheit eines Priesters in die Flußmitte hinaus, wo das auf einen flachen Stein aufgebundene Kind in den Fluß gekippt wird. Manchmal kann man am Flußufer die Räucherstäbchen riechen, mit denen der Vater das tote Kind verabschiedet. Wenn es ruhig ist am Flußufer und man nur das Knistern eines Scheiterhaufens hört, kann man auch das Hineinplatschen des Steines mit dem Kind wahrnehmen, als letztes Geräusch, bevor der schwere Stein mit dem toten Kind schnell absinkt und auf den Berg der Kinderskelette und Kinderleichen fällt. Viele Kindertotenscheine habe ich im Laufe von Monaten am Flußufer des Harishchandra Ghats besonders in den ersten Jahren unserer Reisen nach Indien im heißen Sand gefunden, manche aufgesammelt und in meine roten indischen Notizbücher geklebt, die ich bei den Buchbindern in der Stadtmitte kaufte, nahe dem Goldenen Tempel und unweit des besten, aber unscheinbaren Süßigkeitenladens in Varanasi, von dem ich oft mit Blattsilber belegte Süßigkeiten mit den Namen »Soojee Kul Kuls«, »Gulab Jamon« und »Baloo Shahi« ins Hotel mitbrachte zu unserem Nachmittagstee und für die Boys aus Nepal, die uns bedienten, das Frühstück auf die große Hotelterrasse brachten, auf der uns nicht selten große und kleine Affen besuchten, geduldig auf dem Geländer der Terrasse wartende Raben mit den auf Frühstückstellern zurückgelassenen Butterstücken verschwanden und schwerfällig auf den Neembaum zuflogen. Als einmal bei einer Einäscherung ein Junge ein vergoldetes Tuch auf das schwarz werdende und verkohlende Gesicht seiner Mutter legte, das sofort zu brennen und zu schmelzen begann, wobei sich der vergoldete Kunststoff wie Blattgold auf den geöffneten Mund mit den rußgeschwärzten Zähnen und die Augenhöhlen legte, kam mir wieder das Blattgold in den Sinn, das ich auf den Klostermauerresten und auf der Mauer der Stupa in Sarnath sah, wo die irdischen Reste von Buddha verehrt werden, Blattgold, das buddhistische Pilger, Gebete sprechend, auf die Mauern aufgetragen hatten. Ich dachte, als ich den goldfarbenen Kunststoff auf dem geöffneten Mund und auf den Augenhöhlen der verbrennenden toten Frau sah, an die Blattgold- und Blattsilberklopfer von Varanasi, Muslime, Jugendliche und Erwachsene, die den ganzen Tag, unterbrochen nur von den regelmäßig über Lautsprecher ertönenden Gebetsaufrufen des Muezzins, auf Holzblöcken die in eine Ledertasche eingewickelten, übereinandergestapelten, mehrere Zentimeter langen Silber- und Goldstreifen in stundenlanger Arbeit zu Blattgold und zu Blattsilber flachhämmern. Oft saß ich, ermüdet von meinen langen Gängen durch die Stadt, bei den Silberklopfern und ließ mich vom Rhythmus und vom musikalischen Klang ihres Klopfens berauschen. Nach jeder Reise erwarb ich von ihnen mehrere Bündel Blattsilber und legte, angekommen in Kärnten, in meinem Elternhaus vor dem erstaunten Vater das hauchdünne, sofort in Falten fallende Silber auf die Malakofftorte, der die Mehlspeise mit den Worten: »Ich friß kein Eisen!« mit erhobenen Händen und geöffneten Handschalen ablehnte, den Teller zurückschob und auf ein neues, mit Kirschen gefülltes Stück Torte ohne Blattsilber wartete.

DIE ROTEN INDISCHEN NOTIZBÜCHER

»Die Raben kamen ihm nicht mehr wie Vögel vor. Ihre Augen blickten wie die Augen schwarzer Krater, und ihre teilnahmslosen Bewegungen erregten Unbehagen. Auch die Zahl der umherliegenden Toten wurde immer größer. Als er noch ein wenig weiterschritt, entdeckte er eine Kuppe, die wie ein kahler Berg aussah und wo nichts als Felsblöcke waren. Dort lagen die weißen Knochen so dicht wie frisch gefallener Schnee; so viele waren es, daß die ganze Gegend davon weiß geworden war.«

WÄHREND MEINER AUFENTHALTE in Varanasi durchblätterte ich täglich mehrere Tageszeitungen, »The Times of India«, »The Hindustan Times«, »The Hindu« und die Provinzzeitung »Patrika« aus dem indischen Bundesstaat Uttar Pradesh, aus denen ich schöne und schreckliche Bilder, Unglücksgeschichten herausschnitt und Tag für Tag zwischen meine Beobachtungen auf dem Einäscherungsplatz und zwischen meine Tagebuchaufzeichnungen in die Notizbücher klebte. Aus den Hindi-Provinzzeitungen schnitt ich ebenfalls Kuriositäten oder Todesbilder und ließ mir die auf Hindi beschriebenen Ereignisse von unserem Hotelier Shashank Singh übersetzen: Wegen eines Landstreits wurde ein zwölfjähriger Junge von drei Männern mit einem Hackbeil zerstückelt, als er über ein Feld lief, das sein Vater nicht an seine Verwandten verkaufen wollte. Ein fünfundfünfzigjähriger Bauer wurde zu Tode gesteinigt, weil seine kleine Viehherde durch den Getreideacker eines anderen Bauern gelaufen war und einen Teil der Ernte niedergetrampelt hatte. Oder eine andere Geschichte, die mich an den Film »Im Reich der Leidenschaft« des japanischen Regisseurs Nagisha Oshima erinnerte, las ich in der englischsprachigen, schlecht gedruckten und stark nach Druckerschwärze riechenden »Patrika« – daß der inzwischen stark verweste Leichnam eines zwölfjährigen Jungen aus einem Brunnen gefischt werden mußte und mehrere Männer der Tat überführt wurden, die mit dem Vater des Buben im Streit lagen. Im Film »Im Reich der Leidenschaft«, den ich einmal um Mitternacht in einem Berliner Kino im japanischen Original sah, verliebt sich die schöne

Seki, die den alternden Rikschafahrer Gisaburo, den sie abendlich mit Massage und Sake bis zur Betrunkenheit verwöhnt, in den im Dorf auftauchenden, jüngeren, soeben aus der Armee entlassenen Soldaten Toyoji. Als beim Liebesspiel Toyoji die Schamhaare von Seki wegrasiert, hat sie Angst, daß ihre neue Liebe von Gisaburo entdeckt werden könnte. Toyoji und Seki erwürgen Gisaburo mit einem Strick und werfen die Leiche in einen tiefen Brunnenschacht, aber ein paar Jahre nach dem Mord wandelt Gisaburos Geist als überall eindringender, lebendiger, gespenstischer Scherenschnitt im kleinen, verschneiten japanischen Dorf umher und verfolgt nicht nur seine Mörder, sondern alle Dorfbewohner, bis Verdacht aufkommt, sich Gerüchte verbreiten, ein Inspektor mit Ermittlungen beginnt und schließlich der halbverweste Leichnam des Rikschafahrers Gisaburo aus dem Brunnenschacht gezogen wird. Ebenfalls in der indischen Provinzzeitung »Patrika« wurde von einer Familie berichtet, die aus dem Gujarat mehr als tausend Kilometer weit in die heilige Stadt Varanasi gepilgert war, um sich an einem besonderen Festtag in der Ganga rituellen Waschungen zu unterziehen, im Goldenen Tempel zu beten und ihren Göttern Opfer darzubringen. Ihr fünfzehnjähriger Sohn, der in der Dämmerung mit hocherhobenem Kopf an den Ghats, am Flußufer seinen immer höher über die dunkelblaue, mit einem rosaroten Schimmer von der untergehenden Sonne beschienene Ganga steigenden und davonziehenden Papierdrachen folgte, stürzte über eine Mauer hinunter und brach sich dabei das Genick. Der Leichnam des Knaben wurde am Harishchandra Ghat in Varanasi eingeäschert.

Monatelang saß ich Tag für Tag am Harishchandra Ghat, beschrieb die Einäscherungen der Toten und beobachtete das Treiben auf dem kleinen Platz, auf dem oft fünf, sechs, manchmal auch mehr Scheiterhaufen gleichzeitig brannten. Mich hatte aber, nachdem ich schon viele Einäscherungen gesehen hatte und meine nekrophile Neugier gestillt war – ihr erinnert euch, die Flut meiner Erinnerungsbilder beginnt mit meinem dritten Lebensjahr in dem Augenblick, als mich meine Tante Tresl, die gute Haut, ins Aufbahrungszimmer meiner an gebrochenem Herzen verstorbenen Großmutter führte, die im Zweiten Weltkrieg drei Söhne im jugendlichen Alter verloren hatte, über das mit Buchsbaumzweigen geschmückte Sargunterteil hob und mir, das Bahrtuch hochhebend, das Totenantlitz meiner Großmutter mütterlicherseits zeigte –, nicht interessiert, ununterbrochen und immer wieder zuzusehen, wie Verstorbene am Ufer des heiligen Flusses verbrennen und eingeäschert werden, sondern mich reizte besonders, mit Füllfeder und Notizbuch beobachtend und aufschreibend an der Verbindung zwischen Leben und Tod teilzunehmen und teilzuhaben, wenn auch nur mit meinem Auge, auf diesem nur ein paar hundert Quadratmeter großen Totenplatz, auf dem die Kinder der Doms spielten, die manchmal bei den Einäscherungen mithalfen, bei den niederbrennenden Scheiterhaufen in den noch rauchenden Resten zwischen den Holzkohlestückchen und kleinen, weißen, feinlöchrigen, menschlichen Knochenstückchen nach Schmuck und Edelmetall suchten, wo in der noch warmen Asche ausruhende und sich selber immer wieder in den Rücken beißende oder an ihrem Fell nagende Hunde auf einen Happen warteten, auf ein halbverkohltes menschliches

Leichenteil oder bei einem bereits niedergebrannten Scheiterhaufen die noch heißen, grauen feinlöchrigen Knochenreste vorsichtig in ihrem Maul einspeichelten und so wälzten, daß sie sich Zunge und Gaumen nicht verbrannten, und wo Kühe, Kälber und auch Stiere die orangefarbenen Marygoldgirlanden, mit denen die Toten umwickelt und geschmückt waren, die groben Hanfstricke fraßen, mit denen die Toten auf die Bambustragbahren geschnürt waren, wo neugierige Touristen herumstanden und lange auf die brennenden Scheiterhaufen schauten, wo einmal zwischen den brennenden Scheiterhaufen, ganz dicht am Ufer des Flusses, zwei Stiere mit ihren Hörnern aneinandergerieten, so daß selbst die Doms mit den langen, angekohlten Bambusstangen, mit denen sie in den Scheiterhaufen herumstocherten, das Weite suchten, bis die Stiere voneinander abließen und einer der beiden Stiere blutend, aber als Sieger mit den goldglitzernden Streifen eines zerrissenen Leichentuches als Trophäe auf den Hörnern den Platz verließ, und wo ich einmal eine Schlägerei zwischen zwei betrunkenen Doms sah, die sich wohl um das lukrative Verbrennen eines Leichnams stritten und sich gegenseitig blutig schlugen. Der eine trat mit seiner nackten Ferse in den Mund des auf dem Boden liegenden, bereits Geschlagenen, der sich schreiend zur Seite wälzte, wutentbrannt aufstand und seine abgebrochenen Zähne ausspuckte. Blut rann über sein Kinn und tropfte auf seine nackte, mit Holzkohle beschmierte Brust. Mit einer an der Spitze rauchenden Bambusstange verfolgte er seinen fliehenden, über Stock und Stein laufenden Feind. Öfter als einmal hatte ich gesehen, wie die Kinder der Doms – sieben- und zehnjährige Mädchen und Jungen – alleine einen Leichnam einäscherten, für den es wohl nur ein paar Rupies Bakschisch gegeben hatte, mit den Bambusstangen im Scheiterhaufen stocherten und die sterblichen Überreste tiefer in die Glut hineindrückten, damit sie schneller verbrannten und zu Asche wurden. Oder wenn die Doms, um den »Ritus des Schädels« zu erfüllen, lachend und aggressiv, in aufgestauter Wut und mit unmißverständlich häßlichen Hindiworten, mit einer an der Spitze angekohlten Bambusstange auf den Schädel des noch brennenden Toten schlugen, bis er in mehrere Teile zerbrach.

Ohne Notizbücher und Füllfeder hätte ich mir die vielen Einäscherungen und das Treiben auf dem Totenplatz nicht anschauen können, es hätte mich erdrückt, und ich hätte vor allem nachts in meinen Träumen keine Ruhe vor dieser Bilderflut des Todes gehabt, aber sie wurden in meinen roten, indischen Notizbüchern festgehalten, und sie wurden zwischen leere Seiten verbannt. Wenn ich ein Notizbuch vollgeschrieben hatte, wurde es mit der langen Schnur, mit der auch die einzelnen Blätter befestigt waren, zusammengebunden und verschnürt, damit kein Wort verlorengehen, kein Satz herausrieseln konnte, und erst wieder geöffnet, wenn ich, vor dem Einschlafen im Hotelzimmer, die eingeklebten Bilder wieder anschauen und die ausgeschnittenen Zeitungsartikel lesen und mir beim Blättern und Rascheln im vollgeschriebenen Notizbuch dann und wann auch bestätigen wollte, daß ich wenigstens irgend etwas getan hatte und nicht ganz umsonst auf der Welt war, mich auch nicht ganz umsonst am Ufer der Ganga und in der heiligen Stadt Varanasi herumgetrieben hatte. Ich mußte die unzähligen kleinen Beobachtungen genau und detailliert in meine Notizbücher eintragen, um sie einerseits festzuhalten, nie zu vergessen, andererseits aber, um sie loszuwerden, von mir zu stoßen, woandershin, zuerst zwischen die rote Pappe der Notizbücher, schließlich und endlich zwischen zwei Buchdeckel, die Beobachtungen berußter Zähne im offenen Mund einer verbrennenden Toten und des schmorenden Lippenfleisches. Über die kochend heiße, gelbe Flüssigkeit, die sich im Mund des Toten sammelte, mußte ich schreiben, die über die beiden Mundwinkel hinunterrann, das Bild mit den kochenden Augen, die sich zuerst weiß färbten, mußte ich festhalten mit meinen Worten, die schließlich zusammenschrumpften und als kleine Holzkohlestückchen in die Augenhöhlen hineinrutschten. Hustend in dem beißenden Rauch des Scheiterhaufens, dem Geruch des Holzes, des Sandelholzpulvers und dem Geruch des brennenden und verkohlenden Menschenfleisches, harrte ich monatelang am Ufer der Ganga aus, Tag für Tag, vom späten Nachmittag bis sieben Uhr abends, bis es finster wurde und ich wußte, daß in einer Stunde im Hotel Ganges View der Tisch gedeckt sein würde, und ich, den Einäscherungsplatz verlassend, die Steinstiege des Harishchandra Ghats hinauf vorbei am ewig brennenden Feuer die Harishchandra Road entlangging, noch bei einem kleinen Gemischtwarenladen vorbeischaute und mich, eine Coladose in der Hand, auf eine Fahrradriksha setzte und zum Hotel bringen ließ, schnell in mein Zimmer ging, die nach dem Rauch von brennenden Scheiterhaufen riechenden Kleider ablegte, mich duschte, umkleidete und mich schließlich zum Abendessen unter die Gäste mischte. Als ich dann später einmal, bei meinem dritten Aufenthalt in Varanasi, am Germanistikinstitut der Banaras Hindu University meine ersten literarischen Entwürfe über die Einäscherung der Toten vorlas, sagte der damalige Institutsvorstand Professor Upadhyaya: »Very realistic! Very realistic!« Ein paar Tage später starb Professor Upadhyaya an einem Herzinfarkt und wurde in Anwesenheit seiner Studenten am Harishchandra Ghat, am Ufer der Ganga, auf dem großen runden Stein feierlich eingeäschert.

Dort, wo du bist, dort ist der Tod! sagte einmal ein Mädchen zu mir, das im Alter von fünfzehn Jahren von einem katholischen Pfarrer in einem Fichtenwald ihres Heimatdorfes vergewaltigt worden war, als ich, um in aller Ruhe schreiben zu können, ein Zimmer in einem Kärntner Bergdorf bezogen und unmittelbar nach meiner Ankunft, in den ersten Tagen meiner Anwesenheit im Dorf, ihr bäuerlicher Großvater sich mit einer Pistole das Leben genommen hatte. Wenige Stunden nach dem Begräbnis besuchte mich das Mädchen und saß mit ihren schwarzen Strümpfen – Zehen und Fersen an den Strümpfen waren mit Nylon verstärkt – am Bettende, während ich, ebenfalls auf dem Bett hockend, die Erzählung »Jeden ereilt es« von Hans Henny Jahnn aus der Hand legte und mir von ihr den Verlauf des Begräbnisses, die Grimassen und Beleidsworte der Trauergäste schildern ließ.

Bald nachdem ich die von der österreichischen Botschaft in Delhi organisierten Lesungen an den Universitäten in Delhi, Jaipur, Bombay, Dharwad, Hyderabad und Cochin absolviert hatte, reisten wir wieder zurück nach Kärnten, wo ich das Material meiner indischen Notizbücher auszuarbeiten begann. Aber bei den Bearbeitungen hatte ich immer wieder das Bedürfnis, nach Indien zurückzukehren, und als mir bewußt wurde, daß der gesammelte Stoff für einen ganzen Roman nicht ausreichen würde, ich den Text noch intensivieren und erweitern sollte, zogen Kristina und ich ein Jahr später wieder los, und ich wußte nun genau, wohin, nicht nach Bombay oder Kalkutta, nicht nach Kerala, Orissa oder Tamil Nadu, sondern wieder nach Varanasi, an den Einäscherungsplatz des Harishchandra Ghats. Als vor unserer dritten Reise die Pest im indischen Bundesstaat Gujarat ausgebrochen war, Hunderte Menschen bereits starben und Tausende davon befallen waren, wir in der europäischen Presse Fotos von den aus den Pestdörfern fliehenden, massenweise auf den Dächern der Züge sitzenden, in Panik ihre Häuser verlassenden Menschen sahen, war vor allem der Vater entsetzt, dem wir eine weitere Indienreise angekündigt hatten. Nach der Stallarbeit in der Küche vor dem Fernseher bei den Hauptnachrichten des österreichischen Fernsehens sitzend, schlug er die Hände über seinem Kopf zusammen, als er erfuhr, daß in Indien die Pest ausgebrochen war, und auf dem Bildschirm sah, daß stapelweise in weiße Tücher eingewickelte Pestleichen verbrannt wurden. Aber ich hatte keine Angst mehr, weder Angst vor Hunger noch vor Krankheiten, wir kauften auch nicht die empfohlenen Antibiotika gegen die Pest, wir stiegen in Wien in die Air India und flogen nach Delhi und von dort nach Agra, über Hunderte Tempel von Katchurao hinweg, weiter nach Varanasi. Noch am Abend unserer Ankunft ging ich mit meinem in der ledernen Umhängetasche verborgenen roten Notizbuch, mit Tintenfaß und Füllfeder vom Assi Ghat am Ufer der Ganga entlang zum Einäscherungsplatz des Harishchandra Ghats.

DIE GLOCKEN VON SANTA FÉ

»Nach zehn Schritten erhob er das Brett, auf dem O Rin nicht mehr saß, zum Himmel und begann bitterlich zu weinen. Wie ein Betrunkener stieg er torkelnd den Berg hinunter. Nach einigen weiteren Schritten stieß er gegen einen Leichnam und fiel hin. Seine Hand fuhr mitten in ein Gesicht, aus dem durch ein Loch, das hinter dem abgefallenen Fleisch entstanden war, ein grauer Knochen heraussah. Als er wieder aufstehen wollte, sah er sich das Gesicht des Toten an und bemerkte, daß um seinen dürren Hals ein Strick lag. Bei diesem Anblick senkte Tappei den Kopf: ›So viel Mut hätte ich nie gehabt‹, flüsterte er. Er stieg weiter den Berg hinab und war etwa auf der halben Höhe des Narayama angelangt, als etwas Weißes in sein Blickfeld geriet. Er blieb stehen und sah in die Ferne. Mitten zwischen den Eichen tanzte weißer Staub: Schnee.«

WÄHREND IN MEINEM HEIMATDORF in Kärnten, wenn sich beim Zügenläuten die schwarze Schlange des Leichenzugs am Waldrand und an den wie verkehrte Federstiele, von denen schwarze Tinte rinnt, stehenden Fichten und Tannen vorbei zum Friedhof hin bewegt, Ruhe herrscht, die Maschinen abgestellt werden, die Kinder vom Spielplatz verschwinden, man nichts mehr hört als das Vorbeten des vor dem Sarg gehenden Priesters und der Ministranten und das Gebetsgemurmel der Trauer- und Freudengäste im Leichenzug und sich der Kopf des Toten vom rhythmischen Gang der Sargträger das allerletzte Mal bewegt, bevor der Verstorbene in der Erde zur ewigen Ruhe gebettet wird und sich unter der Erde, im verschlossenen, warmen Sarg, nur mehr die kleinen Blüten an den obersten Spitzen der rosaroten, bündelweise auf dem Toten liegenden Gladiolen öffnen, höchstens ein Pfau oder ein Hahn die dörfliche Stille zerreißt, das Leben also vom Tod getrennt wird, vermischen sich Leben und Tod beim hinduistischen Bestattungsritual in Varanasi am Einäscherungsplatz des Harishchandra Ghats. Kinder laufen mit ihren sich höher und höher ziehenden seidenen Papierdrachen zwischen den brennenden Scheiterhaufen, ein Frisör schneidet dem ältesten Sohn eines Verstorbenen, der den Scheiterhaufen anzünden soll, eine Glatze – nur an der Fontanelle bleibt ein kleines, dünnes Zöpfchen übrig –, den vor einer Feuerstelle stehenden Kühen hängen die orangefarbenen Marygoldgirlanden lange aus dem Maul, bis sie verschlungen sind, Hunde lecken die Reste des Butterschmalzes von den Blättertellern, des sogenannten

»Ghee«, das beim Einäscherungsritual verwendet und mit dem die Verstorbenen, bevor sie in ein weißes Baumwolltuch eingewickelt, gesalbt werden. Die Prozession des Lebens, heißt es bei Diana L. Eck, beinhaltet die Prozession des Todes. In Varanasi wird der Tod weder geleugnet noch gefürchtet, sondern als lang erwarteter Gast willkommen geheißen.

Abends, wenn es bereits finster ist und immer noch, bis weit in die Nacht hinein, die Toten eingeäschert werden, hört man zur immerselben Stunde ringsum von den Tempeln, wenn die heiligen Rituale beginnen und die Götter aufgeweckt werden sollen, das Geläute der Glocken. Nicht selten, besonders abends, meistens gegen sieben Uhr, stand ich in Angst, manchmal auch in Todesangst am Ufer der Ganga und erinnerte mich an die Glocken meines Heimatdorfes, vor allem an das abendliche Betläuten und an das Zügenläuten mit der kleinsten Glocke, wenn im Dorf kundgetan werden soll, daß jemand gestorben ist, man bei der Stallarbeit den Kopf hob und horchte, froh war, selber noch am Leben zu sein, oder wir dem davonrollenden, von der Kaugummifirma »Bazooka« gespendeten roten Lederball – wir hatten hundert Kaugummipapiere an die Firma geschickt – nicht mehr nachliefen und uns fragten, wer denn wohl gestorben sein könnte, wer todkrank oder wer der Älteste ist und wer denn nun, wie es in der Partezettelsprache heißt, allzu früh von uns gegangen ist. Vielleicht ist aber auch ein Unglück passiert, oder es hat sich wieder ein junger Mensch aufgehängt in einem Heustadel, am Trambaum, mit dem wir noch vor ein paar Tagen dem Bazookalederball nachgelaufen sind, uns gegenseitig austricksend oder ein Bein stellend mit unseren angeschlagenen Schienbeinen und krustigen, grasgrünen Kniescheiben.

Der Mesner, der dann zur Kirche eilte und in der Sakristei am Glockenstrick zu ziehen begann, war immer einer der ersten, der erfuhr, wer verstorben war, und neben dem Pfarrer wußte er auch als erster, daß der Naschenweng Siegfried, der einzige Sohn der Maurerfamilie, während eines Friedenseinsatzes als Soldat bei einem Verkehrsunfall auf den Golanhöhen verunglückt war und sein Leichnam aus dem Nahen Osten überführt, nach Wien eingeflogen, vom Leichenbestatter Stimniker mit dem schwarzen Mercedes in Wien-Schwechat in Begleitung der schwarzgekleideten, bei der Fahrt einen Trauerschleier tragenden Mutter abgeholt und in Kamering zu Grabe getragen wurde. Nach dem Tod ihres Sohnes brachte ich der unglücklichen Mutter, die mir immer wieder den Beileidsbrief des österreichischen Verteidigungsministers vorlas, keine Kirchenblätter mehr, sie hatte kein Interesse mehr an den wöchentlichen Kirchenboten, sie folgte ihrem Sohn sehr bald nach, wenn auch ihr Weg nicht so weit und ihr Sarg mit den sterblichen Überresten nicht in ein Flugzeug verfrachtet werden mußte, ihr letzter Erdenweg war nur ein paar hundert Meter und zehn Minuten lang. Ewig werden mir ihre in einer Glasschale liegenden gelben Kunststoffbananen in Erinnerung bleiben, die sie auf dem Küchentisch stehen hatte, wenn ich mich, den Stoß Kirchenblätter in der Hand, zu ihr setzte und mich mit ihr unterhielt, an den weichen gelben Kunststoffbananen herumdrückte und auf die Straße hinaus und auf die weit hinter den Feldern vorbeifließende Drau hinunterschaute. Wir konnten uns damals noch keine Bananen kaufen, aber sie hatte jeden Tag ihre Bananen auf dem

Tisch liegen, sie waren immer frisch und behielten auch ihre Farbe. Ich erinnere mich noch, als ihr auf den Golanhöhen verunglückter Sohn zu Grabe getragen wurde, hatte ich meinen Ministrantenmantel längst abgelegt und ging nur mehr selten in die Kirche, weshalb ich von meinem Vater bedrängt wurde mit seinen inzwischen aber schon kraft- und sinnlos gewordenen Worten: »Paß nur auf, wenn du keinen Halt mehr hast! Verlier den Herrgott nur aus den Augen, dann wirst du schon sehen, was mit dir passiert! Der Mensch braucht einen Halt!« Als der Tote vom Haus ausgesegnet wurde und sich der Leichenzug Richtung Friedhof in Bewegung setzte, da stand ich, den Vorhang mit der rechten Hand zerknüllend, im großelterlichen Schlafzimmer, aus dem die Großeltern längst herausgestorben waren, in das ich mich mitsamt meinem Bücherregal einquartiert hatte, am Fenster und wartete, bis der Knecht Poldl mit einem an einer langen silbernen Stange angebrachten Kruzifix als Anführer des Leichenzuges auftauchte, gefolgt von dem vor dem Sarg gehenden schwarzgekleideten Priester Franz Reinthaler und von den ebenfalls Trauerkleider tragenden Ministranten. Kaum sah ich die Träger mit dem im Sarg liegenden, vom Verkehrsunfall auf den Golanhöhen verstümmelten Körper vom Naschenweng Siegfried und seine schwarzgekleidete, tief trauernde und einen schwarzen Trauerschleier tragende, dem Sarg ihres Sohnes folgende, gebrochene Mutter, versteckte ich mich hinter dem geblümten Vorhang, trat einen Schritt zurück und lugte nur mehr im Schutz des Vorhangs aus dem Fenster, denn ich hatte das Gefühl, als ob alle im strengen Rhythmus des Leichenzuges über den Hügel des kreuzförmig gebauten Dorfes gehenden Trauergäste auf ein bestimmtes Fenster meines Elternhauses schauen, niemand anderen als mich vermissen und suchen würden.

Dann und wann erlöste mich in Varanasi der nepalesische Priesterjunge von meinen abendlichen Ängsten, wenn wir gemeinsam an den Stufen des Assi Ghats unter den auf langen Bambusstangen aufgehängten, in geflochtenen Körben brennenden Himmelslampen saßen, die nach hinduistischem Glauben den Weg der wandernden Toten erhellen sollen, und er mir, der ich zwar nichts verstand, aber den Klang der Worte hören wollte, Gebete auf Sanskrit rezitierte, eine halbe Stunde lang und länger – er war Sanskritschüler in Varanasi –, wir dabei ununterbrochen auf die auf der dunkel gewordenen, dünnen, welligen Haut der Ganga flussabwärts in endloser Folge dahinziehenden brennenden Öllämpchen schauten, manchmal den Kopf hoben und die weit entfernten, unruhig flackernden Feuer vom großen Einäscherungsplatz des Manikarnika Ghats wahrnahmen, auf dem bis weit in die Nacht hinein oft zehn, fünfzehn Scheiterhaufen gleichzeitig brannten. In aller Welt bin ich um sieben Uhr abends gefährdet. Ich verfalle in Melancholie und in Angst, wenn ich alleine bin, nicht abgelenkt werde von meiner um diese Zeit immer unruhiger werdenden Seele, nicht unter Menschen verweile oder im Kino sitze, manchmal bekomme ich auch Todesangst, ja, ich bekomme sie, sie wird mir gegeben, und ich darf sie als Geschenk annehmen, ob ich sie will oder nicht, die Angst, die gar nichts mit Tod und Sterben zu tun haben muß. Ich höre das Zügenläuten meines Heimatdorfes, immer wieder und überall, um sieben Uhr abends, in Berlin, in Rom, in Tokio, in Indien, in Klagenfurt. Oft bin ich in Varanasi um diese Zeit, wenn ich vom

Ufer der Ganga die Glocken von den Schreinen bis ins Hotelzimmer hinein hörte, zur Tür hinausgegangen, habe eine Fahrradriksca bestiegen und mich dem Lärm der Straßen ausgesetzt, um keine Glocken zu hören, oder ich bin, mich dem Geläute der Glocken aussetzend und mit dem Teufel des Klöppels ringend, durchs Assi Ghat gegangen, zu einem anderen Stadtteil, an den Slums vorbei, wo sich auf den Abfallhaufen Schweine und kleine nackte Kinder tummelten, zu einem Schrein ganz in der Nähe des Durga-Tempels, und habe bei den Ritualen zugeschaut und gesehen, wie die Gläubigen, Gebete murmelnd, die Glocken geschlagen haben, während ich in mir, in mich hineinkriechend, mein Herz zerbrochen, zertrümmert und zerfetzt habe, immer und immer wieder.

Bei einem Ausflug in den zehn Kilometer weit von Varanasi entfernten Wallfahrtsort Sarnath, wo Buddha seine erste Predigt gehalten haben soll, hatte die dreijährige Siri Blattgold von der Stupa gekratzt, so daß die Finger des Kindes voller Blattgoldflitter und Blattgoldmus waren, Blattgold, das Pilger zur Verehrung Buddhas auf die Mauer der Stupa, in der die Reliquien von Buddha aufbewahrt werden, geklebt hatten. Der zehnjährige Kasimir hatte geschickt ein ganzes, fast unversehrt gebliebenes Blatt von der Stupa gehoben, das er schnell, links und rechts schauend, vor weinrotgekleideten buddhistischen Kindermönchen versteckend, die den Diebstahl aber doch entdeckten und keck lachten, vorerst in mein rotes indisches Notizbuch zwischen zwei leere Seiten gelegt und am späten Nachmittag, nachdem wir mit einer Motorriksca nach Varanasi zum Hotel Ganges View ans Assi Ghat zurückgekehrt waren, in mein Notizbuch eingeklebt hatte zu den Sätzen von Peter Handke: »Vielleicht war der oder die von uns Buben oder Mädchen, der oder die damals dem Allerheiligsten in der Heimatkirche die Zunge herausstreckte ...« Am selben Abend, nachdem der nepalesische Priesterjunge am Hanumanschrein des Hotels Ganges View den allabendlichen hinduistischen Ritus und die Heiligenverehrung beendet hatte, gingen der Sanskritschüler und ich das Ufer der Ganga entlang Richtung Assi Road, als uns ein Leichenzug entgegenkam. Ein orangegekleideter toter, mit Stricken an Hals und Brust festgebundener Sadhu, dessen eingefallenes, unrasiertes Gesicht mich sofort an meinen inzwischen verstorbenen Vater erinnerte, als er, der damals fast Neunzigjährige, völlig erschöpft, mit dem Antlitz eines Toten, von Holzarbeiten aus dem Wald zur Haustür hereingekommen war, wurde auf einer orangefarbenen Sänfte, aufgeschultert von vier Männern, die Straße hinunter Richtung Ganga getragen, gefolgt von sieben, acht alten, ebenfalls orangefarben gekleideten, gebrechlichen Mitbrüdern, einem ein Bündel brennender und stark qualmender Sandelholz-Räucherstäbchen haltenden Mann und umgeben von neckischen, dem mit offenem Mund in der Sänfte sitzenden toten Sadhu Zunge zeigenden Kindern. Am Flußufer wurde der tote Sadhu, der ein vergipstes Bein hatte, von der Sänfte auf ein Ruderboot gehoben. Als der Körper des Toten auf dem Bug des Bootes noch zurechtgerückt wurde, da sein Kopf zu tief über den Bootsrand hinunterhing, verrutschten die Augenlider, und er öffnete tatsächlich noch einmal seine Augen und schaute mit leerem und, wie ich es in diesem Moment verstand, väterlichem Blick das allererste und allerletzte Mal in den Sternenhimmel hinauf, denn es war nun sein Himmel und kein anderer. Befestigt an einer schweren Steinplatte, wurde der tote Sadhu in die Flußmitte hinausgerudert – im Halbdunkeln sah ich noch die schwankenden Füße, die im Wasser schleifenden Zehen – und in der Ganga versenkt, während der nepalesische Priesterjunge eifrig seine Sanskritgebete sprach. Die Männer, die den Toten berührt hatten, wuschen sich die Hände, wuschen auch die unrein gewordene orangefarbene Sänfte, die der Körper des Toten berührt hatte, warfen die Bastmatte, auf der der Tote auf der Sänfte gesessen hatte, in den Fluß, spülten ihren Mund mit dem heiligen Wasser der Ganga, und während sie sich ihre Köpfe mit dem Wasser beträufelten und auf Hindi Gebete sprachen, fielen ein paar für ihre Häupter verlorene Wassertropfen auf mein aufgeschlagenes rotes indisches Notizbuch, in das Kasimir das Blattgold von Sarnath eingeklebt hatte zu den Sätzen von Peter Handke: »Vielleicht war der oder die von uns Buben oder Mädchen, der oder die damals dem Allerheiligsten in der Heimatkirche die Zunge herausstreckte und mit dem oder der der schreiende Pfarrer dann im Religionsunterricht alle Kinder auf Erden verfluchte – vielleicht war das ich?«

Aber wie habe ich damals, um noch einmal und zum Schluß zu meinem Heimatdorf in Kärnten zurückzukehren, die alte Frau verehrt, die mir fast jedesmal, wenn ich ihr als Kind das wöchentliche Kirchenblatt brachte, »Die Glocke« von Friedrich Schiller auswendig aufsagen konnte. Jeden Samstag, wenn ich im Dorf mit einem Stoß Kirchenblätter in der Hand – souverän und würdig über den Arm hatte ich sie gelegt, denn im katholischen Wochenblatt waren viele Gekreuzigte und immer wieder die Madonna mit dem Kind abgebildet – von Haus zu Haus ging, beim Naschenweng, als ihr Sohn noch lebte und bei der Friedensmission als Soldat auf den Golanhöhen Tag- und Nachtwache stand, die gelben Kunststoffbananen anstarrte und wieder und wieder abtastete in der kargen, immer sauberen Küche und schließlich meinen Botengang mit den Kirchenblättern fortsetzte und zur Maureroma kam, die mich mit ihrem selbstgemachten Ribiselsaft bewirtete, mit Vanillekipferln und mit dem knusprigen Bischofsbrot, das ganze Jahr über, jeden Samstag, denn für sie gab es keine Lebkuchenzeit. Während ich in einen Lebkuchenstern, vielleicht auch in eine Kokosmakrone hineinbiß und am roten Ribiselsaft schlürfte, schaute ich sie groß und bewundernd an, denn sie begann wieder mit dem Lied von der Glocke von Friedrich Schiller: »Fest gemauert in der Erden / Steht die Form, aus Lehm gebrannt. / Heute muß die Glocke werden. / Frisch Gesellen, seid zur Hand.« Und als dann auch für sie der Segen von oben kam und für sie das allerletzte Mal die kleinste Turmglocke im Dorf läutete, stand ich mit dem Pfarrer Franz Reinthaler als schwarzgekleideter Ministrant, als ihr Trauergast und kleiner Witwer mit dem Scheitel im brünetten Haar und mit den Vanillekipferlresten im Mundwinkel vor ihrem offen Sarg, tauchte den großen Weihwasserpinsel mit den zusammenklebenden silbernen Borsten in den kupfernen, eingebeulten Wasserkessel und spritzte ihr das Weihwasser ins Gesicht, auf ihr Totenantlitz, als wollte ich sie noch einmal aufschrecken, damit sie sich im Sarg erhöbe, das schlohweiße Haar auf ihrem Hinterkopf verknotete und fortführe: »Von der Stirne heiß / Rinnen muß der Schweiß, / Soll das Werk den Meister loben, / Doch der Segen kommt von oben.«

Vielleicht war es auch im selben Jahr, als ich eines Abends, an einem Wintertag, als es draußen schneite, nur mehr mit dem Vater alleine in der Küche war, die anderen Familienmitglieder bereits schlafen gegangen waren und der Knecht auch schon seine Bude aufgesucht, mehrere Zigarettenstummel im Aschenbecher hinterlassen hatte und das kleine klumpige Gläschen mit dem aufgeklebten Enzian immer noch nach selbstgebranntem Schnaps roch, am Tisch saß und in »Winnetou III« bei der Todespassage angelangt war, während der Vater auf dem noch warmen Sparherd hockte und die Zeitungsflügel des »Kärntner Bauern« ausgebreitet hielt. Als Winnetou in Vorahnung seines kommenden Todes die Glocken von Santa Fé hörte, da hatte es mir längst das Herz zusammengeschnürt.
»*Neben diesem Kapellchen bemerkten wir mehrere Personen, welche uns aber nicht zu sehen schienen. Sie blickten gegen Westen, wo der Sonnenball sich immer tiefer senkte, und als er das Wasser des Flüßchens, welches er mit den herrlichsten Tinten färbte, erreicht zu haben schien, erklang von oben herab der silberne Ton eines Glöckchens. Hier, mitten im wilden Westen, im tiefen Urwalde das Bild des Gekreuzigten! Mitten zwischen den Kriegspfaden der Indianer eine Kapelle! Ich nahm den Hut herunter und betete, wurde aber von dem Indianer unterbrochen.*
›*Ti ti – was ist das?*‹ *fragte Winnetou.*
‹*Ein Settlement (Niederlassung) natürlich*›, *antwortete Walker sehr weise.*
›*Uff! Winnetou sieht die Niederlassung; aber welcher Klang ist das?*‹
›*Das ist die Vesperglocke. Sie läutet das Ave Maria.*‹
›*Uff!*‹ *meinte der Apache erstaunt.* ›*Was ist Vesperglocke? Was ist Ave Maria?*‹«

Und als es schließlich zum tödlichen Schuß und zum Sterben kam, weinte ich vor meinem ein paar Meter entfernt von mir auf dem kupfernen Wasserkessel des Sparherds sitzenden, sich in die Bauernzeitung vertiefenden und nichtsahnenden Vater so bitterlich, daß sich auf dem Fußboden der Küche eine kleine Lache mit schmutzverschmierten Tränen bildete, als der sterbende Winnetou die Hand von Old Shatterhand an seine blutende Brust zog, die Finger seines Blutsbruders in die tödliche Wunde steckte und flüsterte: »Schar-lih, nicht wahr, nun kommen die Worte vom Sterben?«

Jener unfaßbare Glanz des Himmels
ist der des Todes.
Mein Kopf dreht sich im Himmel.
Und nie dreht der Kopf sich herrlicher
als im Tod.

Georges Bataille

Die Zitate auf den Seiten 8, 10, 18, 34, 46, 60, 98, 108, 120, 130, 140 und 150 stammen aus: Shichiro Fukazawa: »Narayama-bushiko. Schwierigkeiten beim Verständnis der Narayama-Lieder«, Waldgut Verlag, Frauenfeld 1998.